열세 번째 계절의 소녀들

열세 번째 계절의 소녀들

TURN 06

정이담 장편소설

우린 함께 이브의 틈 속으로 진입했다.

첫사랑이 이루어질 계절을 맞이하러.

차례

열세 번째 계절의 소녀들

9

작가의 말

275

1

만 번의 겨울에도 세상은 꽃을 피운다.

이곳은 하루도 빠짐없이 어두운 하늘에서 눈이 내린다. 1년은 365일. 그게 서른 번쯤 지났으니 만 번의 겨울을 견딘 셈이다. 죽음도 삶도 없는 공간에선 시간의 흐름 따윈 의미가 없다. 나는 바람이 조금만 새어 들어와도 손끝이 얼어붙는 이곳에서 홀로 일한다. 창을 닦고, 바닥을 치우고, 습도와 온도를 관리하고, 가지치기를 한다.

거주지인 4층 건물 내부에는 라일락 나무가 빼곡하다. 천 그루가 넘는 나무들은 겨울에도 죽지 않는다. 식물들의 인큐베이터이자 납골당인 이곳에선 삶이 죽음처럼, 죽음이 삶처럼 지속된다. 꽃들이 피고 지는 순환만이 계절의 감각을 일깨운다. 나는 무한한 겨울의 화원을 지키는 정원사이자 묘지기이다. 하루 종일 라일락 뿌리를 감싼 흙을 매만지다 세수를 했다.

거울에 비친 얼굴 반쪽에도 라일락 줄기가 엉겼다. 수많은 시간이 흘러 식물처럼 진화한 얼굴이었다. 얼어붙은 얼굴을 손의 열기로 녹인다. 꽃향기를 깊이 들이마신다. 인간의 흔적이 없는 이곳에서 봄이 선사한 명이 얼마나 남았는지는 숨을 마시고 뱉는 그 사이에 아른거리는 기억의 총량으로만 어렴풋이 짐작할 수 있다.

라일락은 소중한 약속과 맹세, 첫사랑을 상징한다. 이 작고 여린 꽃에 그토록 막중한 의미를 부여한 건 인간의 욕심일까. 말할 수 없는 것이 많던 시절에도 첫사랑은 시작됐다. 세상이 끝없이 변화해도 처음은 존재하듯이 투명하고 끈질긴 애정이 소생할 봄을 기다리는 나날은 어느 차원에나 있다.

누구도 만나지 못하는 빈 하루엔 큰 홈이 파인다. 그 안으로 지독한 칼바람이 파고든다.

그럼에도 여전히 기억한다.

당신을 사랑했던 날들의 미소를.

식물은 언어 그 너머의 수단으로 지구의 모든 기억을 서로 주고받는다. 나이테와 수관에 흔적을 새기고 즙과 꿀, 향으로 열렬히 소통한다. 나무뿌리처럼 거칠어진 손등이 보인다. 세월의 흐름을 남김없이 기록하는 피부에 굳은살이 흠집처럼 박였다. 손을 움직이면 살결이 미소 짓는 입처럼 주름진다. 그 주름과 주름 사이에서 금방이라도 식물의 향내가 풍겨올 것만 같다.

이 겨울은 언제 끝이 날까. 바깥 세상은 몇 번의 계절을 거듭했을까.

라일락 잎을 가져다 차를 끓인다. 물을 데우는 동안 서랍 속에서 공책 하나를 꺼낸다. 가장자리가 부식되어 너덜거리는 것이었다. 오래된 종이를 천천히 수선한다. 다채로운 색감의 꽃들이 종이 위에서 저마다의 빛으로 즐비해 있다. 경전에 적힌 말처럼 늘어선 꽃들의 기억을 들춘다. 잔에 뜨거운 물을 붓고 적당한 온도가 될 때까지 기다리며 추억의 끄트머리를 어루만진다. 편안한 미소가 떠오른다. 바깥의 눈발 사이로 악몽의 환영들이 어지러이 흔들리지만 나의 미소를 방해할 순 없다. 찻잔에선 라일락 향이 피어오른다. 여러 기억이 순환하는 걸 느끼며 차를 한 모금 넘긴다.

이곳의 꽃과 나무는 결코 죽지 않는다. 바깥에서 거대한 겨울이 끊임없이 몰아쳐도 이곳만은 계속……

새로운 종을 탄생시킨다. 때론 무지개색 꽃을 피우기도, 가지 하나에 수십 송이를 매달기도 한다. 우주는 인간의 의식 바깥에서 끊임없이 변화하며 꽃은 그 흐름을 읽는다. 아, 저 멀리 새로운 라일락들이 만개했다.

눈보라가 거세다.

나는 차 한 모금을 넘기고 미소 짓는 일을 반복한다.

매섭고 지겨운 겨울 속에서도 이 얼굴은 불멸하리라 믿으며.

2

잿빛라일락법

[20○○. ○○. ○○. 일부 개정]

제1조(목적) 이 법은 국가의 자원 관리 및 이익에 위해가 되는 '사랑'의 발생과 유행을 방지하고, 이를 금지하는 데 필요한 사항을 규정함으로써 자원의 보존과 국민의 이익 증대에 이바지함을 목적으로 한다.

3

"여자아이들의 사랑을 통제해야 합니다. 그 불안정한 존재들을 취약하고 혼란하게 만드는 게 바로 사랑이에요. 세상이 지금처럼 어지러운 이유죠. 낭만이나 동성애 따위를 좇는 쓸모없는 행위에 빠져드는 것도 대부분 여자애들이잖아요. 아름답기만 하면 금방 취해버리는 저 나약하고 가냘픈 영혼들을 통제해야 합니다."

지구에 기후 위기가 찾아왔다. 어느 날 시작된 장마가 몇 달이나 이어져 흡사 성경에 등장하는 노아의 홍수를 연상케 했다. 지구는 완전히 변했고 사람들은 많은 걸 바꾸어야 했다. 어느 지역은 장마가 6개월 동안 지속되었다. 국토의 3분의 1이 사막으로 변하거나 겨울이 3년씩 지속되는 곳도 있었다. 멸망이 임박했다는 말이 떠돌았다. 격년을 주기로 바뀌는 봄의 길이에 절기를 다시 정의해야 했다. 기후 변화는 인간이 통제할 수 있는 속도보다 빠르게 진행됐고 지구는 자신의 종을 바꾸기 시작했다. 하나의 종이 멸종하면 그 자리에 새로운 종이 탄생한다는 사실만이 인간의 희망이었다. 생명의 속성은 끈질김이어서 극한의 환경에서도 생체 특질을 바꾸어 생존하는 개체들이 있었다. 하지만……

각지에서 불만과 절망이 튀어나왔다. 인력이 부족한 지역부터 교통이 마비되고 행정이 무너지면서 모든 것이 멈추었다. 이 사태에 대한 해석도 가지각색이었다. 항간에서는 몇 년 전부터 떨어지기 시작한 출산율이 원인이라 했고 누군가는 지저분한 슬럼이 환경을 망쳤다고 했다. 밑도 끝도 없이 세상에 노인이 너무 많아 지구가 그 비율을 조절하려 드는 것이라거나, 특정 지역 출신이나 장애를 가진 이들 때문에 우주가 노했다는 말도 돌았다. 약탈자가 늘면서 나라는 시한폭탄이 됐다.

그때 중년의 여성 국회의원이 한 말이 대대적으로 조명되었다. 그는 '독재자'로 불리는 통치자의 측근이었다. 독재자는 여자에 대해 여자의 입으로 말하라는 지침을 내렸다. 여성 국회의원은 명령을 충실히 이행했고 그 말을 부풀려 옮기는 자들이 등장했다.

"생체코드를 활용하면 여자아이들을 열성 인간에서 우성 인간으로 바꿀 수 있습니다."

생체코드. 그건 현대 과학이 이룬 가장 큰 쾌거였다. 생체코드란 DNA 정보를 컴퓨터가 활용 가능한 언어로 변환한 것으로, 인간을 일종의 프로그래밍 코드와 같은 10만 줄짜리 부호로 번역할 수 있게 했다. 생체머신을 활용하면 특정 부위의 코드를 수정해 인체에 변화를 가할 수도 있었다. 정확하게만 다룬다면 수술 같은 외과적 조치를 취하지 않고도 인간을 고치는 게 가능했다. 실제로 머리카락이나 눈동자, 피부색을 바꾸거나 시력을 향상시키는 일이 비일비재했다. 성별도 바꿀 수 있었으며 특정한 감정을 좀 더 많이 느끼도록 조작하는 일도 가능했다. 인류는 신의 비밀을 획득한 셈이었다. 이대로라면 불치병과 노화의 정복도 머지않을 터였다. 각 국가는 앞다투어 이 기술에 자원을 투입했다. 코드네이터라는 신종 직업이 등장해 필요한 연구들을 수행했고, 그 결과 생명을 가진 모든 존재에게 생체코드가 존재한다는 사실이 밝혀졌다. 이 우주는 태초부터 신비로운 의지로 프로그래밍된 것이었으므로 생체코드의 몇만 분의 1만 제대로 활용해도 인류에겐 장밋빛 미래가 펼쳐질 것이었다. 변덕스러운 자연의 횡포만 없었더라면.

물론 생체코드는 오남용의 위험성이 컸다. 그래서 국가는 '생체코드관리국'이라는 독립 기관을 설치해 코드 활용 관련 업무를 일임했다. 오직 이곳을 통해서만 코드 정보를 열람하고 수정할 수 있었다. 코드네이터들을 중심으로 설립된 이 기관은 강력한 힘을 지닌 곳으로 성장했다.

그러던 어느 날, 독재자는 생체코드관리국 내부에 무표정한 커다란 가면 하나를 걸었다.

"완벽한 우성 인간의 얼굴이군."

만족스러운 미소로 가면을 쓰다듬는 독재자 옆 모니터에서는 자신이 5차 산업혁명을 일으킬 위대한 주역이며 생체코드 기술의 열렬한 지지자라 주장한 좌담회 영상이 재생되고 있었다. 영상 속 자신은 준비한 연설문을 한 자도 틀림없이 다 말했고 발음과 발성도 완벽했다. 이 정도라면 분명한 뜻이 전달됐을 것이었다. 독재자는 생체코드로 군사 무기를 개발하여 국력을 키우겠다 주장했고, 지지자들은 그 말에 우레와 같은 박수를 보냈다. 그 장면을 돌려 보며 그는 뿌듯한 마음으로 제 연설문을 되뇌었다.

"위대한 우성 인간의 세상을 만듭시다. 적자생존은 엄연한 자연의 법칙입니다. 우리는 앞선 자로서 생체코드 기술로 이 나라를 최고로 만들 것입니다! 그동안 우린 너무나 쓸모없는 것들에 시간을 낭비했습니다. 기후 재난은 선별 과정입니다. 지구는 열성 인간을 더 이상 견디기 힘들어 합니다. 우성 인간들이여, 냉철해집시다. 반복되는 비극을 막읍시다! 우리는 할 수 있습니다. 선천적으로 우월한 코드는 보호하고, 열등한 코드는 제거합시다. 썩은 가지를 쳐낼수록 나무는 풍성해지지 않습니까! 우리의 정당한 몫을 되찾읍시다!"

독재자는 눈을 감고 연설문을 음미했다. 더할 나위 없이 매끄러운 논리였다. 그는 사람들이 가진 분노의 물꼬를 어떤 방식으로 터야 하는지 잘 알았다. 그들에게는 원인을 파악하는 눈이 없었다. 그래서 미끼만 잘 던져주면 자신이 이끄는 대로 우르르 끌려왔다. 물론 자신처럼 우월한 인간들은 대상이 아니었다. 생체코드를 연구한 결과, 우성 인간들은 날 때부터 지배

자의 운명을 타고났다. 그러니 민중들은 마땅히 그런 자신을 선지자로 삼아야 했다. 이번 전략도 효과적이었다. 인류가 딱 두 갈래로 분류된다는 양 열성과 우성이란 기준을 제시한 후, 너흰 어디에 속할 것이냐 물으면 사람들은 다른 선택지를 떠올리지 못했다. 세상이 양분되었다고 믿는 한 자신을 열성으로 정의하고 싶어 하는 이는 없었다. 모두가 우성 인간이 되고 싶어 할 때 반대편을 향한 논리는 선명해졌다. 열성 인간들을 개조하자. 그들을 우리의 세상에서 없애자. 아둔한 대중은 세상의 복잡성과 모호함을 견디지 못하기에 선지자가 제공한 명확한 틀과 기준을 신봉할 수밖에 없었다.

독재자는 엄지와 중지를 맞부딪쳐 '가상 필드 구역'의 목록을 가져오게 했다. 보좌관이 들고 온 자료엔 총 열 개 구역에 격리 필드 설치가 완료되었다는 기록이 적혀 있었다. 가상 필드는 공간코드를 조정하여 홀로그램처럼 만든 이미지의 장이었다. 이 기술로는 시각적으로 감각되는 공간 개념을 왜곡하여 새로운 공간 이미지를 구현하는 일도 가능했다. 예를 들어 가상 필드로 숲을 만든 후 그 위에 특정 지역의 모습을 덮으면 그 안에 사람들이 돌아다녀도 바깥에선 전혀 보이지 않았다. 마찬가지로 안쪽에서도 어디가 지역의 경계인지 알 수 없어 밖으로 나갈 수 없었다. 독재자는 이를 활용해 열성 인간을 관리하는 특별 구역을 만들겠다고 선포했다. 열성인 구역의 내부는 온통 추운 겨울 풍경으로만 이루어져 있어 수용자들은 무기력하게 얼어붙은 채 겨우 숨만 쉬며 지냈다. 청정한 지구를 구현하는 일도 가능했다. 우성화시키기 전의 열성인들을 죄다 이 구역에 가둬두면 되니까. 독재자는 자신에게 반대하는 눈엣가시들도 같은 방식으로 처리했다. 이 구역에 들어가고 싶지 않은 사람은 모두 우성 인간이 되려 노력할 수밖에 없었다. 독재자는 국민의 얼굴이 관내에 걸린 무표정한 가면처럼 변화하길 바랐다. 기계처럼 효율과 이익의 논리만이 머리에 있어야 조종하기 쉬웠으니까. 돈과 숫자는 언제나 명백했고 조작하기 쉬워 이용하기 용이했다. 흡족한 얼굴로 문서를 훑던 독재자의 눈에 붉게 적힌 '오류 구역' 네 글자가 들어왔다. 대번에 그의 표정이 구겨졌다. 독재자가 책상을 우악스럽게 내리치자 보좌관이 가까이 다가왔다.

"오류 구역의 지표가 늘었잖아. 어떻게 된 일인가?"

"송구합니다. '이브의 틈' 때문이었습니다. 즉시 시정하겠습니다."

이브. 그 이름을 듣자마자 독재자는 한 손으로 옆에 놓인 와인 잔을 부서뜨렸다. 밖에서 이 소리를 들은 비서가 잔뜩 긴장한 채 들어와 유리 조각들을 치우려 했으나 독재자는 그 전에 이미 그마저 밟아 으스러뜨렸다. 보좌관이 그를 진정시키려 얼른 말을 덧붙였다.

"다행히 이브의 소재를 알아내 붙잡아뒀습니다. 하지만 저희가 함부로 처리할 수는 없는 사안이라……."

"그 애를 당장 여기로 데려와. 직접 처분을 결정하지."

보좌관과 비서가 황급히 고개를 숙이고 바깥으로 나갔다. 혼자 남겨진 독재자는 굵은 시가에 불을 붙였다. 연기를 몇 모금 빨아들인 그는 가면 앞으로 다가가 손수건으로 표면을 닦았다. 반질거리는 가면을 보니 속이 진정되는 듯했다. 이브, 그것은 세상에 등장했을 때부터 자신을 무너뜨릴 수 있는 위험 분자였다.

자신의 인생 계획을 한 번도 따라준 적이 없었으며, 끊임없이 좌절과 절망을 몰고 와 삶을 뒤흔들었다. 그것은 태생부터 결함으로 가득 차 있었다. 열등함 그 자체인 저주스러운 존재였다. 절대 권력에 도달하기 직전인 제 성취를 망치려 드는 그것을 독재자는 용인할 수 없었다.

이브는 가상 필드를 자유자재로 다루는 소녀였다. 그는 독재자가 지정한 구역마다 '틈'을 만들어 가상 필드의 통제를 흩뜨렸다. 가상 필드 구역과 아닌 곳의 경계를 식물로 덮어 거대한 자연의 여신을 만들었다. 여섯 방향으로 덩굴을 뻗어내고 입에서 멸종한 꽃들을 쏟아내는 여신이 등장하면 데이터에 오류가 발생해 필드가 무너졌다. 필드에 감금돼 있던 수용자들은 그 틈으로 지구의 진짜 계절을 다시 목격했고 통제 구역을 탈출할 수 있었다. 필드를 빠져나온 이들은 지하 조직을 결성해 레지스탕스를 시작했다. 우성과 열성의 기준을 폐지하라고 주장하며 독재자가 지정해 배포한 열성 증거 목록들을 꽃으로 덮은 뒤 행진했다. 군대가 동원돼 꽃과 피가 뒤섞인 파란이 몇 차례 일었지만 기세는 쉽게 꺾이지 않았다. 이브는 계속 등장했고, 그때마다 독재자의 지지율도 널뛰었다. 독재자에게 이브는 그만큼 눈엣가시였다. 가면을 바드득바드득 소리 나게 문질러 닦으며 독재자는 생각했다. 이브는 자신이 외치는 구호 속에 사랑이란 단어를 절대 빼먹지 않는다고. 그게 그의 심기를 더욱 건드렸다. 세상에는 사랑 따위보다 중요한 게 많은데 그 아둔한 것은 실체도 없는 감정에 목을 맸다. 효율적인 통제가 중요한 지금의 세상에선 하등 쓸모없는 존재였다. 오늘이야말로 그 불쾌한 것을 처분하리라.

군인들이 한 소녀를 붙들어 왔다. 태연한 얼굴의 소녀는 십 대로 보이는 앳된 모습이었다. 그러나 눈빛만큼은 그 어떤 군인보다 강렬했다. 소녀는 얼굴 한쪽이 식물로 뒤덮인 돌연변이였는데 귓가를 따라 긴 머리카락이 흘러내렸다. 소녀에게 다가간 독재자는 가면을 닦던 수건으로 그의 뺨을 짓눌렀다. 소녀는 몸을 뒤틀다가 독재자를 노려보곤 침을 뱉었다. 독재자는 그런 소녀를 더 심하게 제지하진 않았다. 다만 냉랭한 표정으로 젖은 얼굴을 훔치며 이렇게 말했다.

"언제 봐도 끔찍하군."

"당신보다 추하진 않지."

소녀도 거침없이 대꾸했다. 독재자는 목을 꼿꼿이 세운 소녀의 얼굴을 세게 움켜쥐었다. 풀을 짓이길 때 풍기는 향이 피어올랐다. 소녀는 눈썹을 꿈틀거렸지만 작은 신음도 흘리지 않았다. 독재자는 그 앞에 얼굴을 바짝 들이밀고 으등거렸다.

"넌 내 인생의 가장 큰 과오다. 네가 방종하도록 두지 말았어야 해. 이제부터라도 모든 걸 다잡겠다."

"스스로가 못났다는 말을 잘도 돌려서 하네."

"제멋대로 구는 것도 오늘로 끝이다. 네가 그토록 부르짖는 사랑이란 것이 얼마나 허망한 건지 뼈저리게 느껴라. 누가 이기나 보자."

"이기고 지는 일 따위엔 관심 없어. 내가 살아 있는 한 당신에게 영원한 권력이 주어지는 일은 절대로 없을 거야. 명심해. 우성이건 열성이건 죽고 나면 한 줄기 마른 나뭇가지가 될 뿐이야. 비극은 모두에게 공평하거든."

소녀가 눈을 감았다. 무언가를 회고하듯 깊게 감겼던 눈꺼풀이 다시금 뜨이며 두 눈동자에서 환한 연보라색 꽃잎을 가득 품은 것 같은 빛이 뿜어져 나왔다.

"나에겐 생의 마지막 순간에도 기억날 미소가 있

어. 그게 내가 당신보다 오래 살아남을 이유야. 당신은 그저 텅 빈 구천을 떠도는 유령이 될 거야. 아부하는 이들은 진정으로 당신을 사랑하지 않기 때문이지. 오히려 당신이 죽는 날 박수 치며 샴페인을 들이켤걸. 시체처럼 마비된 얼굴로 말야. 하지만 나는, 내가 사랑하는 사람들은 달라. 식물처럼 끊임없이 생장하며 서로를 붙들어. 그 마음만큼은 절대로 당신보다 먼저 끝나지 않아."

"징그러운 돌연변이를 사랑할 사람은 없어."

"자기 자신에게 하는 말이겠지?"

독재자가 소녀의 뺨을 올려붙였다. 살이 찢기는 날카로운 소리가 울리며 소녀의 고개가 크게 돌아갔다. 그러나 소녀는 당당하다는 듯 입꼬리를 올렸다. 뺨을 뒤덮은 식물 줄기만 조금 상했을 뿐이었다. 독재자는 군인을 향해 소리쳤다.

"이브를 겨울의 학교에 가둬. 다시는 사랑 따윌 말하지 못하도록 기억을 지워."

군인이 몰려와 소녀, 즉 이브를 데려갔다. 이브는 끝까지 고개를 빳빳이 든 채로 멀어졌다. 분을 이기지 못한 독재자는 한참이나 방 안을 서성였다. 얼마 후 그는 열성 증거 목록을 펼치고는 글자를 마구 갈기기 시작했다. 눈에 보이는 외적 특성부터 행동, 성격, 정체성, 특정한 내분비계의 호르몬 반응 수치까지……. 그의 손이 주관하는 열성 증거 항목이 늘어났다. '턱 아래 점이 없으면 열성' '배꼽 옆에 주름이 있어야 우성' 등의 조건이 추가되었다. 독재자 본인이 턱 아래 점과 배꼽 옆 주름을 모두 가졌기 때문이었다. 모든 우성 인간의 기준은 자신이어야 했다. 독재자는 사령관을 불러 재작성한 목록을 건네며 말했다.

"계엄령을 선포해."

새벽 3시, 전국에 계엄령이 선포되었다. 곧이어 생체코드관리국에 군부대가 들이닥쳤다. 순식간에 전 국민의 데이터가 독재자의 손에 들어갔다. 이제 우성과 열성을 구분하여 가상 필드 통제 구역에 수감시킬 사람을 정하는 권한은 오로지 독재자의 손아귀에만 남게 됐다. 항목에서 조금이라도 벗어나는 경우, 열성으로 몰아 쥐도 새도 모르게 필드에 가둘 수 있었다. 그리고도 독재자의 머리에선 자신을 비웃던 이브의 얼굴과 눈빛이 사라지지 않았다. 독재자는 신경질적으로 마지막 항목을 추가했다.

사랑을 말하며 미소 짓는 여자아이들은 열성.

새로운 가상 필드 구역이 설치되었다. 사랑을 말한 여자아이들을 수용하는 일종의 소녀원(少女院)이었다. 그곳은 겨울이 끝없이 펼쳐지는, 매서운 칼바람이 가득한 학교였다. 세찬 눈보라를 맞다 보면 이브가 설파하는 사랑 따위는 얼어붙을 터였다. 이브가 처절한 무력감과 절망을 맛보길 바랐다. 불멸하는 건 자신이 틀어쥔 권력이지 사랑이 아니었다.

이윽고 세상엔 잿빛라일락법이 선포되었다. 사랑을 말하는 열성 인간들을 겨울 속에 가두는 잔혹한 법이었다.

4

"쉽지 않을 거야. 각오는 됐어?"

"저도 이제 열일곱이에요. 할 수 있어요."

"고작 열일곱이라고 하면 화내겠지? 들통나면 고초를 겪을 거야. 소년원 생활도 쉽지 않을 테고. 너무 큰 위험에 널 내모는 게 아닌지 마음이 무겁구나."

"잿빛라일락법의 세상에서 가만히 있는다고 안전할까요. 염려 마세요. 이건 저 자신을 위한 결정이에요."

내 논리에 상대가 슬픈 눈으로 웃었다. 그는 이 지역 레지스탕스 해커 집단의 수장인 파머였다. 그의 본명은 모른다. 우린 언제나 그를 파머라고 불렀다. 파머는 어머니의 오랜 동료였다. 자발적인 비혼자로서 나를 키우길 원한 어머니는 양육 파트너로 여러 동료를 선택했다. 어머니가 속한 공동체는 사회 참여에 관심이 많은 코드네이터 집단이었다. 그들은 같은 직무로 묶인 사람들을 동일한 이름으로 불렀다. 독재자의 군림 이후 한 사람이 지목되어 끌려가는 걸 막기 위해서였다. 이 때문에 우리 공동체엔 여러 명의 파머와 가드너, 플로리스트가 존재했다. 물론 파머도 여럿 있었다.

이름은 같았지만 우리는 서로를 분명히 구분했다. 나는 우리 지부의 파머와 각별한 친분이 있었다. 어머니는 과거에 생체코드관리국의 수석 연구원으로 이름을 날렸다. 코드 기술의 핵심 정보들을 꿰는 몇 안 되는 인물이었다. 파머는 그런 어머니의 가장 절친한 파트너였고 우린 서로의 정체를 아는 몇 안 되는 사람이었다.

파머의 등 뒤로 낙엽이 졌다. 피바람이 불던 계절을 지나 싸늘한 기운이 맴도는 시기에 접어든 때였다. 여름날의 장마는 사람들의 눈물만큼 길었다. 차라리 가을이 되니 머릿속이 차분했다. 파머의 눈시울이 붉어졌다. 그가 내 어깨를 쥐었다.

"어머니도 네 선택을 지지할 거야. 자랑스러운 딸이라고 생각하겠지."

"저도 그렇게 생각해요. 후회는 없어요."

"정말…… 넌 은주의 아이가 맞는구나. 그 애는 항상 말했어. 자신에겐 네가 신의 선물이라고."

은주, 어머니의 이름이다. 오랜만에 듣는 그 이름에 마음이 아렸다. 식물을 좋아한 어머니는 조용하고 다정한 성품에 삶을 살아가는 지혜를 갖춘 분이었다. 어머니와 나는 종종 그가 가꿔낸 화단 한가운데에서 마주 보고 누워 밤을 지새웠다. 그럴 때면 코드만으로 풀이되지 않는 생명의 신비와 그럼에도 우리 속에 자리한 운명 같은 코드들에 관해 이야기를 나누었다. 어머니는 나의 왼뺨을 쓰다듬길 좋아했다. 식물들이 주고받는 숨결에 둘러싸여 어머니는 내 눈동자를 들여다보며 자주 읊조렸다. 신은 네 안에 깃들었구나.

그 어느 곳보다 신이 존재하지 않을 생체코드관리국에서 일하면서도 신을 속삭이는 어머니가 좋았다. 어머니의 신은 이제는 거의 사라진 종교 속 남성의 모습이 아니었다. 독재자가 제시하는 우성 인간의 모습도 아니었다. 어머니의 신은 끝없이 생장하는 식물 속에 내포된 것, 자신의 몸을 내주어 많은 것을 먹이면서도 또다시 살아나 계절을 맞이하는 것, 그 순환에 어린 개념이었다. 나를 신의 선물이라 부를 때 어머니는 세상에서 가장 아름다운 미소를 지었다. 그럴 때면 나도 그 얼굴과 비슷하게 웃을 수 있었다. 우린 여러 그루의 라일락 나무를 가졌고, 그 연하고 별 같은 꽃들에 둘러싸여 서로에게 미소를 보낼 때면 세상의 공허나 외로움도 뒤통수 너머로 사라졌다. 우리가 서로에게 미소 지을 수 있는 자리가 곧 우주임을 아는 눈빛을 교환하다 서서히 잠이 몰려들면 어머니는 마지막으로 뺨에 키스를 해주었다.

그랬던 어머니가 어느 날 실종되었다.

생체코드관리국을 점령한 독재자가 내리는 명령을 거부한 뒤였다.

독재자가 전 국민의 데이터를 넘기라고 했을 때 어머니는 유일하게 반대 의사를 표명한 사람이었다. 코드를 다루는 결정적인 핵심 기술까지 아는 인재는 극소수였기에 독재자는 어머니를 바로 제거하진 못했다. 어설프게 손댔다간 인류 전체를 포함해 독재자 자신까지 날려버릴 수 있는 게 생체코드였으니까. 대신 독재자는 어머니를 좌천시켰다. 사람들의 눈에 띄지 않는 외롭고 깊은 곳으로 어머니를 보냈다. 바로 지금 내가 잠입하려는 학교의 관리자 자리로 말이다. 어머니는 내게 안부도 전하지 못하고 떠났다. 가끔 파머를 통해서 짤막한 소식을 들었을 뿐이다. 그조차도 1년 전부터는 끊겼다.

"이리 와. 마지막으로 라일락칩 정보가 제대로 입력됐는지 확인하자."

파머가 내 왼뺨에 기계를 연결했다. 그러고는 자판을 두드려 추출한 정보들을 내가 미리 외운 내용들과 비교했다. 난 막힘없이 술술 대답했다. 오늘을 위해 이 모든 걸 준비했으니까. 어머니만큼 비상한 코드네이팅 실력을 가진 내게 라일락칩의 정보들을 암기하는 것쯤은 식은 죽 먹기였다. 내가 태연한 얼굴로 정답을 말하자 파머는 결연하게 고개를 끄덕였다. 드디어 그도 나를 보내는 데 확신을 갖게 된 듯했다. 그가 또 다른 작은 장치를 건넸다. 가상 필드 기계였다. 이걸 귀 뒤편에 숨기면 입학 준비가 끝났다. 겨울의 학교에선 많은 걸 버려야 했다. 동시에 많은 걸 위장해야 했다. 나는 이제 그 과정을 마쳤다.

고산증이 일 정도로 높은 지대에 있는 학교는 가상 필드로 감춰져 있었다. 내부는 1년 내내 새하얀 겨울이었다. 바깥의 계절이 무엇이든 간에 이 학교에는 겨울뿐이었다. 싸늘한 눈바람이 몰아치는 운동장에선 어떤 생명도 움트지 못했다. 한기만이 공간을 채우는 이곳에서 아이들은 감정을 침묵으로 소거하는 법을 배워야 했다. 무애(無愛)의 상태가 되어야만 졸업할 수 있어서였다. 독재자가 정한 이 기준을 충족해야만 탈출이 가능했다. 사랑의 유배지인 이곳에서 금지어를 발설하면 기억삭제술을 담당하는 교관들에게 끌려갔다. 그들은 생체머신을 사용하여 특정 기억들을 지웠다. 그 시술을 몇 번이고 반복해서 받은 아이들은 새하얀 설원처럼 텅 빈 감각만을 갖게 됐다. 사랑을 말해도 무엇도 떠올릴 수 없는 상태가 됐을 때 우성 인간을 향한 목표 의식이 주입됐다. 그것이 독재자가 짜놓은 계획이었다.

이를 가능케 하는 결정적인 도구가 독재자가 국민의 몸에 설치한 라일락칩이었다. 라일락칩은 호르몬과 언어 중추 등을 관장하는 기계였다. 표면적으로는 건강이나 심리 상태와 관련된 정보를 생체코드관리국에 실시간으로 전송해 위급 시 문제를 해결하겠다는 목적으로 심어졌지만 독재자는 그것으로 사람들을 사찰하기 시작했다. 금지어와 관련된 전기 신호가 일정 횟수 이상 발생하면 생체코드관리국 산하의 보안국에 알림이 가는 식이었다. 그는 이 방법으로 체제를 위협하는 세력을 축출해 구금하겠다고 떠벌렸다. 실제로 자신의 입맛에 맞지 않는 말을 한 이들을 찾아 숙청하거나 압수 수색으로 모든 걸 빼앗았다. 이제 그 마수가 청소년들에게까지 뻗쳤다.

독재자는 소녀들의 금지어로 '사랑'을 정했다.

그 단어가 생식이라는 인류 보존의 의무에 힘써야 하는 여자아이들을 과도하게 혼란시킨다며. 사랑의 필요성은 생물학적 기제 안에서만 인정되어야 한다며. 거기서 벗어난 감정들은 우성 인간으로 거듭날 효율적인 길을 막는 쓸모없는 허울이라며. 사랑에 그 이상의 의미가 있다고 믿는 소녀들 때문에 틈이 발생하고 체제가 어지러워진다며.

이윽고 그 어떤 절차도 거치지 않고 새 청소년법이 통과됐다. 어떤 의미로든 사랑이라는 단어를 세 번 이상 말한 여자아이는 소녀원에 입소해야 했다.

이 섬뜩한 소녀원이 내가 입학할 학교이자 임무를 수행할 곳이었다.

어머니의 마지막 흔적이 이 학교에 남아 있을 터였다. 이곳에 잠입해 무엇이든 어머니에 관한 단서를 찾아내야 했다.

학교의 관리자로 좌천된 후 어머니는 이중 스파이가 되기로 마음먹었다. 흰 겨울의 학교로 향하는 길에서 동료들에게 의지를 밝혔다. 자신이 아이들을 통제하는 교내 시스템의 허점을 파헤치고, 독재자가 소유한 정보들을 빼내겠다고. 학생들의 정보를 사유화하는 서버의 암호키를 해킹하여 그 영향을 해지하는 게 목표였다. 성공한다면 독재자가 함부로 아이들의 기억을 지울 수 없게 될 것이었다.

귀에 장착한 기계를 작동시키자 얼굴에 저릿한 감각이 몰려왔다. 오른뺨에 새로운 피부가 덮였다. 내가 누구인지 감춰줄 기술이었다. 겨울의 학교에선 감정을 지워야 했다. 훈련을 통해 모든 표정을 숨기고 감정을 마비시키는 데 성공하여 우성 인간이 된다면, 그렇게 우수 졸업생이 된다면……. 사랑을 망각하는 데 성공한 아이들은 생체코드관리국에 채용되어 일할 수 있었다. 어머니가 실종된 지금…… 난 어머니의 임무를 잇기 위해 학교에 잠입했다. 어머니가 무엇을 위해 일했고, 무엇을 발견했고, 무엇 때문에 돌아오지 못하는지 알고 싶기도 했다. 나는 어릴 때 어머니를 도와 생체코드관리국의 보안 문제를 해결한 적이 있었다. 파머 아래에서 치열한 훈련도 거듭했다. 그렇게 모든 준비를 마쳤다. 어머니를 되찾고 학교를 무너뜨리기 위한 준비를 말이다. 아이들의 정보를 반출하고, 우수 학생으로 졸업하여 생체코드관리국에 진출할 것이다. 끝까지 저항하다 자취를 감춘 어머니의 행적을 따르는 일은 오직 나만이 할 수 있었다.

능력이 좋아서만이 아니었다. 난 유일하게 라일락칩 설치가 불가능한 아이였다.

독재자는 나에게 라일락칩을 설치할 수 없었다. 생체코드관리국에 저장된 정보들도 소용없었다. 그건 오직 파머와 어머니와 나만 아는 비밀이었다. 그래서 어머니는 항상 말했다. 너는 신이 깃든 세상에서 가장 소중한 선물이라고.

파머가 어깨를 두드렸다. 미세한 기계가 장착된 귓등을 쓸었다. 피하 혈관과 거의 구분되지 않는 초소형 기계는 잎맥처럼 섬세했다. 파머는 준비물들을 최종 점검했다. 내게는 가짜 라일락칩이 설치됐다. 나는 학교에서 지켜야 할 원칙들을 다시 한번 외웠다. 학교에선 이 거짓 정보로 생활할 예정이었다. 나는 생체 데이터를 활용하는 중소기업 대표의 딸 역할을 부여받았다. 탁월한 코드네이팅 실력을 갖췄지만 '실수로' 이브의 시위 장소에 휘말려 사춘기 특유의 충동성을 이기지 못하고 사랑을 내뱉는 죄를 저질렀으며, 입학을 철회할 순 없지만 자신의 잘못을 깊이 반성하고 있다는 설정이었다.

이브. 그 소녀의 이야기를 끼워 넣은 이유는 실감 나는 거짓말을 하기 위해선 약간의 진실을 섞어야 하기 때문이었다. 실제로 나는 이브의 열렬한 팬이었다. 그 얼굴이 세상에 처음 등장한 날, 벼락을 맞은 듯 꼼짝할 수 없었다. 난생처음 보는 빛깔의 꽃과 식물로 뒤덮인 여신의 얼굴은 신이 나에게 깃들었다는 어머니의 말을 확신하도록 만들었다. 그건 나, 우리, 모든 소녀의 얼굴이었다. 경계에 틈을 만들어 사람들을 살리는 이브, 그 얼굴에 영혼의 반쪽을 만난 것 같은 강렬한 연대감을 느꼈다.

그 후로 이브가 만든 얼굴들의 자료를 모았다. 이브의 작품을 보면 마음 한 편이 생명의 빛으로 물들었다. 어머니가 사라진 뒤 찾아온 지독하게 쓸쓸한 시간을 버티게 해준 것도 이브의 얼굴이었다. 더 이상 미래에 봄이 오지 않을 것 같고, 꺼진 땅속으로 한없이 끌려 들어갈 것만 같을 때 날 지탱한 게 이브였다. 이브의 얼굴 위로 개화하는 꽃들을 보고 있자면 심장에 스몄던 우울한 추위가 가셨다. 존재 자체로 아름다운 이브의 활약을 바라볼 때 나 또한 이브처럼, 이브의 방식으로 아름답고 싶었다. 그럴 때면 무거운 몸을 일으켜 차를 한 잔 마시고 새로운 하루를 준비했다. 그런 이브도 언젠가부터 활동을 멈췄다. 독재자가 이브를 잡아들였다는 흉흉한 소문이 돌았다. 그러니 나는 더욱 독재자를 용서할 수 없었다. 나에게 가장 중요한 사랑들을 빼앗아간 그를 무너뜨리고야 말겠다는 의지가 단전에서부터 차올랐다.

파머는 데이터를 해킹해서 자신에게 전달하는 법을 꼼꼼히 일러줬다. 임무가 성공한다면 아이들의 데이터는 온전히 아이들의 소유가 된다. 진정한 해방의 때가 도래한다는 뜻이었다.

파머가 내게 코드 하나를 쥐여줬다. 어머니가 학교에 남긴 코드였다.

 그러나 알 수 없는 문양으로 깨져버린 듯했다. 난 그것을 꾹 쥐었다. 어머니는 임무를 위해 이 코드를 완성했지만 누군가가 이를 훼손한 것 같았다. 하지만 단서로선 충분했다. 어떻게든 이것을 잘 해석해낸다면 어머니와 한 발 더 가까워질 수 있었다. 언젠가 그 미소를 되찾겠다고 다짐하며 파머에게 준비가 되었다고 말했다. 가상 필드 기능이 탑재된 기계는 내 얼굴을 겨울의 학교와 어울리는 창백하고 매끄러운 모습으로 바꿔주었다.

 입학식은 오직 아이들만 참석할 수 있었다. 정문을 통과하는 순간부터는 정말로 혼자가 되어야만 했다.

 "계절을 되찾으러 다녀오겠습니다."

 난 파머에게 인사하며 미소 지었다. 이제부턴 냉

랭한 무표정만이 허용될 테니, 이건 마지막으로 보여 줄 수 있는 진짜 얼굴이었다.

○

입학식이 시작되었다. 아이들은 일렬로 줄을 서 강당으로 향했다. 학교로 들어서자마자 피까지 얼어붙게 하는 추위가 들이닥쳤다. 숨을 쉴 때마다 허연 입김이 샜다. 학생들은 서로의 얼굴을 쳐다보지 않았다. 다들 죄인처럼 고개를 숙이고 걸을 뿐이었다. 입학식의 설렘이나 기쁨은 전혀 없었다. 모두가 이미 알았다. 시체 같은 상태가 되기 전까지는 이곳에서 나갈 수 없다는 걸.

건물들은 전부 회색이었다. 학교라는 이름보다 과연 교도소라는 명칭이 더 어울렸다. 우린 앞사람의 뒤꿈치만 응시하며 걸었다. 학생들의 흰 교복과 교관들의 검은 옷이 대비되어 눈이 아팠다. 교관들은 팔목에 라일락칩을 감시하는 전자기기를 달고 있었다. 난 부지런히 곁눈질하며 그것의 기종을 파악했다. 해킹할 때 필요할지도 모르니까. 파머가 고전적인 방법이든 최신 전략이든 가리지 말고 활용하라 조언했기에 나는 걸을 때마저 머릿속으로 최선의 방법이 무엇일지를 강구했다.

교관은 학생들을 원형으로 앉혔다. 이곳에 입학하는 소녀들의 나이는 저마다 달랐다. 졸업하는 나이도 마찬가지였다. 얼핏 관찰한 동급생들의 얼굴에는 긴장감이 역력했다. 다들 생존을 궁리하는 굳은 표정으로 속내를 숨긴 채 눈인사도 주고받지 않았다. 몸집 큰 교관 하나가 원 중앙에 서서 지휘봉으로 바닥을 내리쳤다.

"너희들은 금지된 단어와 감정을 사용하여 이곳에 왔다. 바깥 물품은 일절 금지다. 외부에서 묻혀 온 쓸데없는 감정들도 마찬가지다. 인류의 존속을 위하여 인간은 효율적인 행동만 해야 한다. 그러지 못하면 멸종하고 말 것이다. 사랑처럼 부질없고 유해한 감정을 말하고 퍼뜨리는 행위는 오늘부터 뿌리 뽑아야 한다. 지금부터 한 명씩 돌아가며 지난 사랑에 대한 고해성사를 하고 우성 인간이 되려는 결심을 복창한다. 실시."

그가 체구가 작은 학생 하나를 가리켰다. 그 애는

화들짝 놀라며 양손을 말아 쥐었다. 교관이 괜히 고함을 지르며 발을 굴렀다. 소녀가 떨리는 목소리로 입을 열었다.

"옆집에 살던 아이를 좋아했어요. 어느 날부터인가 그 애를 떠올리면 번지는 웃음을 멈출 수가 없었어요. 바이러스에라도 감염됐던 거겠죠. 아니면 무언가를 잘못 먹었다든가……. 억누르려고 했지만 그 애를 스칠 때마다 기분 좋은 감정이 드는 걸 막을 수 없었어요. 맛있는 걸 먹으면, 좋은 걸 보면 다 그 애에게 가져다주고 싶었어요. 결국 보안국에서 기별이 왔고 이곳에 오게 됐어요."

소녀가 입술을 깨물었다. 교관은 다른 학생들을 잇달아 가리켰다. 고해성사가 줄줄이 이어졌다.

"밤새도록 눈물이 났어요. 단 한 사람 때문에. 그게 사랑인 줄은 몰랐어요. 정말이에요. 저도 그 사람을 생각하는 일을 머릿속에서 어떻게 멈춰야 할지 모르겠어요."

"존경하는 선생님이 계셨어요. 그분의 삶을 따르고 싶었죠. 그 마음이 제 삶을 더 나아지게 했다고 믿었는데……. 그분이 우성 인간이었냐고요? 아니요…… 아니었어요."

"예술에 대한 이야기를 나눌 수 있는 사람들이었어요. 이전엔 너무나 외로웠는데 갑자기 세상이 꽉 들어찬 거예요. 숨을 쉬는 느낌이었어요. 착각이래도……. 그 순간만큼은 그렇게 느낀걸요."

"소중하다는 느낌. 죽고 싶은 순간에도 그 사람이 슬퍼할 걸 떠올리면 실행할 수 없었어요."

"삶에 끝이 있다는 걸 망각하게 됐어요. 상대의 눈을 바라보고 손을 잡고 있으면."

아이들이 말하는 사랑의 대상은 정말로 다양했다. 같은 반 친구, 과외 선생님, 미디어에서 본 연예인, 오래 키운 반려동물, 미술이나 음악, 시집, 꽃과 과자, 독서실 옆자리 대학생, 이웃, 학원 동료, 영화 속 캐릭터, 단골 가게의 아르바이트생……. 그러나 모두가 공통적으로 고백한 내용은 상대를 사랑함으로써 웃는 날이 생겼고, 다채로운 감정을 누렸고, 세계가 넓어졌으며, 외로움을 잠시 망각했다는 것이었다. 이야기를 하며 몇몇 아이는 눈물을 흘렸는데, 그때마다 교관은 사나운 목소리로 주의를 주었다.

"너희가 호소하는 건 약쟁이들의 핑계나 다름없

다. 거짓된 환락과도 같은 일시적인 환영에 취한 것에 불과해. 감정을 말끔히 정리하지 못하면 특별 관리 대상으로 삼겠다. 기억삭제실에 다녀오면 지금 울고불고한 일 따위 깡그리 청산될 거다."

위협에 가까운 목소리에 아이들의 어깨가 움츠러들었다. 아이들이 말하는 사랑의 모습은 수많은 얼굴을 하고 있었는데 독재자는 그 모든 것을 비천한 것으로 여기며 우리가 속에서 사랑을 완전히 몰아내야 한다고 했다. 독재자의 뜻을 따르는 교관은 매서운 눈매로 나머지 아이들을 훑었다. 나도 그의 시선을 따라 아이들을 곁눈질했다. 진정한 사랑이란 단어 없이도 완성되는 감정이었지만 이곳의 아이들은 전부 사랑을 발설하여 잡혀 왔다. 난 그게 무슨 의미인지 알았다.

내 차례가 다가오고 있었다. 교관은 내 옆에 앉은 아이를 지목했다. '수연'이라 적힌 명찰을 단 그 아이는 단발에 야무진 인상이었다. 교관이 발언을 재촉했다.

"버려야 할 사랑을 고백하도록."

그 말에 수연은 고개를 들어 어딘가를 바라보았다. 원의 대각선 맞은편이었다. 수연은 그곳을 응시한 채 아무 말도 하지 않았다. 모두가 자연스럽게 수연의 시선을 따라갔고, 그 끝에서 허리를 꼿꼿이 편 자세로 앉아 있는 여자애를 발견했다. 체격이 크고 머리가 짧은 그 애의 가슴엔 '정원' 두 글자가 새겨진 명찰이 달려 있었다. 둘은 서로 눈을 맞춘 채 침묵했다. 갑자기 찾아온 정적에 교관이 눈살을 찌푸렸다. 마른침이 넘어갔다. 의도적인 침묵과 공개적인 응시는 명백한 저항의 의미였다. 순간 아이들 사이에 긴장감이 고조되었다. 교관이 몸을 홱 돌려 둘 사이를 가렸다. 그럼에도 둘은 고개를 떨구거나 돌리지 않았다. 우린…… 정원이 수연 쪽을 향해 서서히 미소 짓는 모습을 보았다. 그 행동은 암굴처럼 냉랭하기만 했던 학교의 공기를 순식간에 흔들었다. 모두가 가면을 쓴 듯 웃지 않았던 학교에서 목격한 첫 미소였다. 정원은 슬로모션처럼 천천히 입가를 올렸고, 그 미소가 반대편 수연의 얼굴에도 번졌다. 둘의 얼굴은 어떤 이상한 틈을 만들었다. 아무 말도 하지 않고 서로가 있는 방향으로 미소만 보냈을 뿐인데도. 교관이 성을 내며 지휘봉을 바닥에 내던졌다.

"열성 인간들처럼 굴지 마!"

순식간에 분위기가 다시 험악해졌다. 교관은 기억

을 버리는 방법을 말하라고 다그쳤다. 그러자 정원이 어깨를 으쓱하며 빈정댔다.

"그건 학교에서 가르쳐주는 것 아닌가요? 아직 배우질 못해서 어떻게 하는지 모르겠는데."

말이 끝나기 무섭게 교관이 정원에게 다가가 손찌검했다. 얻어맞은 정원의 몸이 픽 쓰러졌다. 놀란 아이들이 입을 틀어막았다. 수연의 얼굴이 창백하게 질렸다. 정원은 팔을 세워 몸을 지탱하고선 그대로 정면을 노려보았다. 이대로라면 그가 기억삭제실에 불려가는 건 시간문제였다. 난 반사적으로 손을 들었다.

"제가 말씀드리겠습니다."

교관이 시선을 내게로 돌렸다. 그의 눈을 마주하자 소름이 끼쳤다. 조금의 안광도 없이 시커멓기만 한 눈이었다. 감정이라곤 느껴지지 않는 눈. 이 학교에 젖어들면 저런 텅 빈 영혼을 갖게 되는 걸까. 난 필사적으로 어머니와 이브의 눈을 떠올렸다. 실종되기 전 마지막 기억 속의 어머니는 여전히 선명한 눈동자를 갖고 있었다. 이브의 눈동자는 어떤 황폐한 자리에서도 봄 햇살처럼 밝았다. 무엇이 옳고 그른지를 분명히 구분하는 눈동자였다. 그래. 정신을 똑바로 차리

자. 가상 필드 기계로 나의 얼굴을 숨겼으니 설령 동요하더라도 쉽게 티 나진 않을 것이다. 마음이 차분해졌다. 난 교관을 바라보며 또박또박 대답했다.

"한때 이브에 매료됐습니다. 시선을 끄는 화려함에 혹했죠. 하지만 지금은 뼈저리게 반성합니다. 그런 헛된 일에 힘을 쓰기 보다는 코드를 공부해 국가 발전에 일조하고 싶습니다."

"사랑을 제거하는 방법을 말해봐."

"애초에 사랑이라는 개념은 타인을 현혹하기 위해 탄생했습니다. 감정에 휩쓸리지 않도록 내면을 얼려야 합니다. 이해타산을 철저하게 따지고, 한정된 자원 속에서 가질 수 있는 것과 없는 것을 확실히 구분해야 합니다. 다행히 우리 안에도 우성 인자는 숨어 있습니다. 열성 인자가 발현되는 순간을 코드로 개선하겠습니다. 사랑이란 불안정한 개념은 이를 방해할 수 없습니다. 열등한 행위에 중독된 경우, 우린 스스로를 다그치고 개량해야 합니다. 그래야 잘못을 되풀이하지 않을 수 있습니다. 죄를 고해한 뒤 기억을 지우고 생체코드로 미소 지을 수 없는 얼굴을 만들겠습니다. 외부 자극에 함부로 반응하지 않는 의연한 마음을 갖겠습니다."

 파머가 미리 준 교육 자료에서 달달 외운 내용을 읊자 교관은 흡족해했다. 그가 날 위아래로 훑는 동안 난 점수를 따고 싶어 안달인 모범생처럼 보이려고 애썼다. 정원 앞에 침을 탁 뱉은 그가 품속에서 무언가를 꺼내며 내 쪽으로 걸어왔다. 그리고 눈앞에 그것을 내밀었다.

 "무지한 입학생들에게 귀감이 되도록 큰 소리로 읽어라."

 그건 잿빛라일락법과 그에 의거하여 사랑을 입에 담지 않겠다는 서약문이 적힌 종이였다. 방금 내가 말한 내용과도 같았다. 최대한 진심처럼 들리도록 호흡을 가다듬었다. 옆자리의 수연이 손톱에 살이 파일 정도로 주먹을 강하게 움켜쥐는 모습이 보였다. 이 아이가 느끼는 분노를 이해했다. 하지만 지금은 그런 것을 신경 쓸 때가 아니었다. 부디 내 노력이 유의미하기를. 나는 서약문을 천천히 낭독했다.

 "……재범을 방지할 것을 서약합니다."

 낭독을 끝마치자 교관은 만족하며 종이를 채갔다. 그러곤 아직 발표를 하지 않은 아이들을 다시금 한 명씩 지목하기 시작했다. 다행히 정원에게서는 관심을 끈 모양이었다. 속으로 안도의 한숨을 쉬었다. 난 다시 무릎에 손을 얹고 정자세를 취했다.

그때였다. 맞은편에서 내 쪽을 바라보던 유난히도 이질적인 눈동자와 맞닥뜨렸다. 탁하고 검은 교관의 눈동자와는 정반대되는 눈이었다. 그 눈은 엄청나게 투명하고 맑은 연보라색이었다. 순식간에 시간이 멈췄다. 갑자기 눈보라가 걷히고 계절이 탈바꿈한 느낌이었다. 선명하고 환한 눈동자에 압도당한 나는 숨도 제대로 쉴 수 없었다.

눈의 주인공은 물결치는 긴 머리카락을 가진 여자애였다. 눈동자와 마찬가지로 머리카락도 라일락 꽃 같은 연보라색이었다. 깨끗한 피부에 꽃송이가 내려앉은 듯 풍성한 속눈썹이 천사의 것처럼 반짝였다. 저런 애가 왜 지금에서야 눈에 들어왔는지 의문이었다. 소녀는 흑백뿐인 이 학교에서 독보적인 색채를 발산하며 앉아 있었다. 그 애가 고개를 삐딱하게 기울이고선 날 계속 뚫어져라 응시했다. 움찔한 내가 시선을 거두었다가 다시 쳐다봤을 때도 여전히 같은 태도였다. 귓불이 붉어졌다. 저 애는 누구길래 날 저렇게 바라보는 걸까. 바깥에서 만난 적이 있었나? 하지만 기억을 열심히 되짚어도 저렇게 튀는 인상의 아이를 만난 적은 없었다. 한 번이라도 봤다면 잊지 못했을 터였다.

우울하거나 적의에 찬 다른 애들과 달리 그 애에게선 왜인지 초연한 분위기가 풍겼다. 차라리 교관이 빨리 그 애를 지목해 내게 꽂힌 시선이 거둬지길 바랐다. 난 아까의 내 행동에 수상한 점이 있었는지 반추했다. 짐작되는 점은 없었다. 그렇다면 쟨 왜 저렇게 날 주시할까. 더 이상한 건 한 바퀴를 다 돌았는데도 교관이 그 애를 지목하지 않았다는 점이었다. 마치 존재하지 않는다는 것처럼. 그 애를 제외한 모든 아이가 발표를 마쳤다. 나는 그 애가 마지막으로 자기 이야기를 하기를 기다렸지만 교관의 기억삭제술에 관한 연설이 시작됐을 뿐이었다.

"통제력을 잃고 열등함을 내보인다면 엄하게 다스리는 게 옳다. 노력하는 학생들에겐 관용을 베풀겠다. 우린 기술로 너희들의 머릿속을 통제하기보다 너희가 자기 조절 능력을 가진 사회의 일원으로 성장하길 바란다. 미숙했던 한때의 실수로 이곳에 왔더라도 더 나은 사람이 되는 방법은 존재한다. 실망시키지 말도록. 본인의 의지가 박약하여 타고난 열성 인자를 이겨내지 못한다면 생물학적 방법을 동원할 수밖에 없다. 기억삭제술이 너희를 올바른 길로 인도해줄 것이다."

그때였다. 갑자기 누군가 천진한 웃음을 터뜨렸다. 모두가 일순간에 숨을 멈췄다.

범인은 연보라색 머리카락의 소녀였다. 교관이 드디어 그 애 쪽으로 고개를 돌렸다.

"멍청이들. 사랑은 끝나는 동시에 다시 시작돼. 죽은 자리에서 또다시 소생하고, 공명하고, 몸을 바꾸고, 그렇게 불멸하는 게 사랑이니까. 만약 당신들이 시키는 대로 해서 지워질 마음이라면 애초에 그건 사랑이 아니었을걸?"

말을 마친 그 애는 교관을 차갑게 쏘아보았다. 누군가가 더 이상 견디지 못하고 큰 한숨을 토했다. 교관의 얼굴이 일그러졌다. 그는 뒷짐을 지곤 저벅저벅 그 애 앞으로 다가갔다. 그가 턱을 치켜들곤 소녀를 내려다보며 말했다.

"다들 처음엔 그런 식으로 객기를 부리지. 얼마 못

가 올바른 태도를 갖게 될 거야."

 소녀의 입꼬리가 올라갔다. 수연과 정원 그다음으로 보인 미소였다. 금지된 표정을 지어버린 소녀들, 그중에서도 가장 명백한 비웃음을 흘린 연보라색 머리의 소녀가 눈을 치켜뜨곤 빈정거렸다.

 "당신 여기 온 지 얼마 안 됐구나?"

 다음 일은 순식간에 벌어졌다. 그 애는 발을 뻗어 바닥에 있던 지휘봉을 차올리더니 양손으로 낚아챘다. 그러고는 그대로 팔을 휘둘러 교관의 자세를 무너뜨렸다. 중심을 잃은 교관이 소녀의 어깨를 잡으려 손을 뻗었지만 역부족이었다. 짧은 소란을 틈타 소녀는 원을 훌쩍 뛰어넘어 단상 위로 날쌔게 올라갔다. 그 애의 몸은 작은 만큼이나 빠르고 민첩했다. 누가 말릴 새도 없이 전교생의 눈앞에 선 그는 옷 안쪽에서 날카로운 송곳을 꺼냈다. 아이들이 비명을 질렀다. 다른 교관들이 그를 잡으러 뒤따라 단상에 올라갔다. 어떻게 숨겨 왔는지 모를 무기를 손에 쥔 채, 소녀는 나동그라진 교관을 똑바로 바라보며 경고했다.

 "이제부턴 날 잊지 말도록 해."

 미소. 곧이어 송곳의 첨예한 끝이 소녀의 뺨을 가

로지르며 선혈을 뿌렸다. 장내가 아수라장이 됐다. 낭자한 피를 보고 기절하는 아이들과 소녀를 포박하려 우왕좌왕하는 교관들이 충돌했다. 사람들이 악을 쓰고 몸부림치며 엉키는 광경을 보자 손에 땀이 배어나왔다. 이윽고 한 교관이 소녀의 손에서 송곳을 겨우 빼앗아 멀리 던졌다. 소녀가 숨을 몰아쉬며 얼굴을 들었다. 넝쿨처럼 아름다웠던 머리카락은 그새 피로 엉겨붙어 엉망진창이 되어 있었다. 그러나 그 애는 사나운 꿈속 악귀처럼 웃을 뿐이었다. 완전히 미친 사람 같았다. 교관들이 소리쳤다.

"리수를 기억삭제실로 데려가!"

리수.

그 이름이 모두의 뇌리에 박혔다. 그 자신이 선언했던 대로. 교관들이 가까스로 그 애를 둘러업고 바깥으로 나갔다. 충격에 휩싸인 아이들이 고성을 내지르자 교관들은 입 닥치라며 일갈했다. 리수, 그 애는 그렇게 기억삭제실에 끌려간 첫 번째 학생이 되었다. 그것도 입학 첫날부터. 머리가 어지러웠다. 방금의 혼란 탓에 식은땀마저 흘렀다. 그때 누군가가 어깨를 두드렸다. 내가 돌아보자 수연이 낮은 목소리로 속삭였다.

"신입생 중엔 첫 입학이 아닌 애도 있대. 심각한 문제아 중엔…… 아예 통째로 기억을 지운 후 다시 학교에 입학시키는 경우가 있다나 봐."

"그럼 저 애가……? 기억이 지워진 것치곤 학교를 잘 아는 눈치였는데."

"기억삭제술이라는 거…… 그렇게까지 완벽하지 않은 게 아닐까."

난 수긍했다. 철두철미한 시스템을 갖춘 듯한 이곳에도 허점이 있다는 뜻이었다. 그걸 리수가 알려줬다. 호흡을 가다듬었다. 그렇다면 임무를 완수할 가능성을 더 높게 점쳐도 될 터였다. 리수라는 아이가 정말로 학교에 여러 번 입학한 것이라면……. 기억을 지우고 재입학을 시키는 망령 같은 시스템의 실체가 궁금했다. 만약 내가 그런 경험을 하게 된다면 제정신으로 살 수 있을까? 기억도, 감정도, 과거의 추억도 희미해진다면 대체 나 자신을 유지하는 게 무엇이란 말인가. 머릿속에 리수의 잔상이 맴돌았다. 그 애라면 답을 알고 있는지도 몰랐다.

가장 나이 많은 교관이 상황 수습을 위해 등장했다. 그는 아이들을 자리에 앉히고 다시 한번 강조했다.

"이번 기수 입학생들은 질이 좋지 못하군. 열등한 짓을 하면 연대책임을 묻겠다. 오늘 일을 본보기로 삼길 바란다. 죄는 뉘우치기 위해 존재한다. 사랑이 잊히기 위해 존재하는 것처럼. 방금의 학생처럼 통제력을 잃은 행위를 한다면 더 큰 징계를 받을 줄 알아라. 자, 지금부터 재범 방지 서약문과 사랑을 지우는 얼굴을 만드는 생체코드를 암기한다. 외우지 못하는 사람은 기숙사에 들어갈 수 없다. 밤을 새워서라도 머릿속에 규율을 집어넣어라. 이상."

교관들은 암기를 마친 순서대로 방을 배정하겠다고 엄포하곤 자리를 떴다. 기숙사 침대에서 편히 잠들고 싶다면 그들이 시키는 대로 해야 했다. 모두에게 잿빛라일락법에 관한 내용과 서약문, 미소 없는 얼굴을 만드는 코드 목록이 배부되었다. 난 내 얼굴 반쪽을 쓰다듬었다. 시간이 지날수록 우린 아까와 같은 표정들과 더 멀어지겠지. 독재자의 무리는 사랑을 제거하는 첫 단계가 미소를 삭제하는 일이라고 여겼다. 모두가 파란을 예감했다. 돌아온 교관들이 아이들을 둘러싸고 감시를 재개했다. 우린 그들의 검은 눈빛 아래 삭막한 정보들을 외워나갔다. 이곳에서 한동안 불행한 겨울의 날들을 보내게 되리라. 나는 무채색의 학교에서 생경했던 리수의 미소를 떠올렸다. 혹독한 겨울 속에서도 죽지 못할, 죽지 않을 마음이 분투하고 있다는 걸 잊지 않으려.

○

　버그가 발생했습니다. 버그가 발생했습니다. 버그가 발생했습니다. 버그가 발생했습니다. 버그가 발생했습니다. 버그가 발생했습니다. 버그가 발생했습니다. 버그가 발생했습니다. 버그가 발생했습니다. 버그가 발생했습니다. 버그가 발생했습니다. 라일락. 버그가 발생했습니다. 버그가 발생했습니다. 버그가 발생했습니다. 버그가 발생했습니다. 버그가 발생했습니다. 버그가 발생했습니다. 이브. 버그가 발생했습니다. 버그가 발생했습니다. 버그가 발생했습니다. 버그가 발생했습니다. 버그가 발생했습니다. 버그가 발생했습니다. 버그가 발생했습니다. 버그가 발생했습니다.

5

오전 6시 30분. 점호가 시작된다. 흰 눈밭을 목격하며 깨어난다. 먹구름 짙은 하늘은 종일 눈보라만 뿌린다. 다른 계절은 허용되지 않는 공간에서 얼굴을 씻고 청소를 마치면 교관들이 일기를 검사한다. 일기장에는 매일 수업에서 배운 바와 생체코드로 얼굴을 변형시킨 기록을 적는다. 일종의 정신교육이다.

    기상 방송이 울렸다. 바깥에서 냉기가 불어닥쳤다. 이불을 정리하고 욕실로 향했다. 따뜻한 물로 손을 녹이지만 뼈까지 으슬으슬하게 만드는 찬기는 쉬이 가시지 않는다. 생체코드로 얼굴을 조작하지 않아도 어금니가 덜덜 떨려 웃을 수 없는 온도다. 이곳에선 자살도 쉽게 시도할 수 없다. 조짐이 보이면 교관들이 바로 아이들을 기억삭제실로 끌고 가 머릿속을 하얗게 만들었으니까. 그렇게 되면 아이들은 자신이 가졌던 모든 욕망과 감정들을 잊고 속이 텅 빈 유령처럼 복도를 배회했다.

　방으로 돌아온 나는 잿빛 표지의 공책을 꺼내어 책상에 올려두었다. 복도 끝에서 인기척이 들리길 기다리며 교복을 가다듬고 어떻게 하면 상점을 얻을 수 있을지 궁리했다. 이 학교에서의 내 할 일은 두 가지다. 하나는 메인 서버를 해킹하여 아이들의 정보를 파머에게로 반출하기, 나머지 하나는 우수 졸업생이 되어 생체코드관리국에 들어갈 자격을 얻기. 난 자세를 바로 하고 머리를 비우려 노력했다. 오직 목표에 집중해야 했다.

　"저 징그러운 것들한테 그렇게나 예쁨 받고 싶어?"

　뒤에서 비꼬는 목소리가 들렸다. 동시에 방 안에 은은한 라일락 향이 차올랐다. 난 뒤를 돌아보지 않고 일기장을 틀어쥔 채 출입문만 쏘아보았다. 오기가 생긴 상대는 굳이 내 눈앞까지 와 얼굴을 들이밀었다. 난 눈살을 찌푸리며 몸을 뒤로 뺐다. 그럼에도 코끝을 스친 향내가 끈질기게 따라붙었다. 생명력 강한 생화의 향이었다. 눈부신 머리카락이 시야에서 한들거렸다. 난 마음을 가라앉히려 애썼다. 동요하면 안 되었다. 시선을 마주쳐서도, 반응해서도 안 되었다. 그러나 상대는 반응이 없을수록 집요해지는 성미였다. 난 이를 악물었다. 입학 첫 주부터 고비를 맞을 줄은 몰랐다. 이 아이에게 휘말렸다간 예상치 못한 생체 반응이 나타날지도 모르고, 그러다 교관들 앞에서 감정의 동요라도 들키게 된다면 모든 계획이 어그러질 터였다.

리수는 최악의 룸메이트답게 품에서 제 일기장을 꺼내 보란 듯이 양손으로 죽죽 찢었다. 그러곤 씩 웃으며 잔해를 허공에 흩뿌렸다. 흰 종이들로 어지럽혀진 시야 탓에 난 리수를 바라보고야 말았다. 리수는 입학식 때처럼 호기로운 눈으로 날 쳐다보았고 나도 지지 않으려 그 애에게 맞섰지만 속은 암담하기만 했다.

그때 서약문을 더디게 외우는 척했던 게 실수였다. 파머가 준 자료들 덕에 서약문의 내용이나 코드들은 이미 알고 있었지만 너무 빨리 외우면 되레 의심받을까 봐 일부러 늦장을 부렸다. 그게 이런 결과로 이어질 줄이야.

검사받기 위해 줄을 선 아이들의 뒤쪽에 미적거리며 있을 때였다. 기억삭제실에 끌려갔던 리수가 돌아왔다. 우린 그 애를 흘끔거렸지만 누구도 나서서 챙기진 않았다. 리수는 흐릿한 눈동자로 주변을 둘러보았다. 이전과는 달리 약에라도 취한 듯 멍한 표정이었다. 기억삭제술의 여파를 직접 눈앞에서 보니 소름이 끼쳤다. 교관들이 리수를 우리가 있는 쪽으로 밀었다. 리수가 비척거리며 걷다 나와 어깨를 부딪쳤다. 우리의 눈이 마주쳤다. 그 순간 리수의 눈빛이 돌아온 걸 나는 분명히 목격했다. 리수는 자리에 앉지 않고 곧바로 내 뒤에 줄을 섰다. 우리가 뭘 하고 있는 건지 파악은 한 건가? 왜 하필 내 바로 뒤에 선 거지? 내심 리수가 신경 쓰이던 터라 더 곤혹스러웠다. 그리고 이다음 벌어진 일은 더 놀라웠다.

리수는 한 글자도 빠뜨리지 않고 서약문과 코드를 완벽히 읊었다. 익숙한 문장이라는 듯, 그렇게 줄줄이 말하는 게 일상이라는 듯 기억삭제술의 허점을 실시간으로 폭로하며.

그런 리수 덕에 앞 순서였던 나의 성공은 조용히 묻혔다. 그건 차라리 다행이었다. 그림자처럼 눈에 띄지 않을수록 임무를 수행하기에 유리하니까. 하지만 그 이유로 리수와 내가 룸메이트로 엮였다. 교관들은 순종적으로 보이는 모범생과 함께 방을 써야 리수가 조금이라도 길들여지리라 생각한 모양이었다. 나를 일종의 감시자로 쓸 속셈이었던 것 같다. 난 리수를 힘껏 노려보았다. 이 애 때문에 임무에 차질이 생길 수도 있었다.

"치워. 너 때문에 나까지 벌점을 받고 싶진 않아."
"첫인상과는 달리 겁쟁이네. 실망이야."
"네가 나에 대해서 뭘 안다고."
"그럼 넌 나를 알아?"
"이 학교에서 제일가는 문제아라는 것쯤은 알지."
"정확히 파악했네. 교관들의 끄나풀다워. 그런데 좀 이상해. 왜인지 넌 서약문을 별로 말하고 싶어 하지 않는 얼굴이었어. 입학한 날부터 지금까지 내내."
"날 계속 지켜보고 있던 거야?"
"그러면 안 된다고 한 적 없잖아."

가까이 다가온 리수가 눈을 맞췄다. 교관들 앞에서 소동을 일으켰을 때와 정확히 같은 눈빛이었다. 사람을 꿰뚫는 듯한 선명한 눈빛. 도발하려는 의도가 명백했다. 리수는 내내 비웃음에 가까운 미소로 내 속을 긁었다. 아니, 그보다 나를 더 명백하게 거슬리게 한 건 따로 있었다. 리수는…… 나를 불쾌해했다. 나에 대해 아는 것도 없을 텐데 왜 이렇게까지 적개심을 드러내는지 모를 일이었다. 나는 어떤 표정으로 응수해야 할지 망설였다. 리수는 그런 내게 더 가까이 다가왔다. 최소한의 신체적 거리 따윈 안중에도 두지 않는 태도였다. 난 황급히 물러나며 경고했다.

"가까이 오지 마."

"이상해. 널 보면 기분이 안 좋아. 네 입술로 그런 말을 내뱉는 게 싫어."

할 말이 없었다. 막무가내로 신경을 건드리는 리수의 말엔 묘한 뉘앙스가 섞여 있었다. 그 의중을 읽어낼 수 없었다. 코드처럼 공식이 정해져 있지 않은 리수의 행동 앞에선 혼란스러움이 가중됐다. 그건 날 더 긴장하게 만들었고 그 감정을 감추려 더 크게 화를 내게 만들었다.

"아직 이브를 사랑하지?"

"……아니."

갑자기 들어온 질문에 하마터면 위험한 답변을 할 뻔했다. 상대의 눈빛이 질문만큼이나 날카로웠다. 난 가까스로 안전한 답을 했다. 리수가 내 정체를 들추려는 것 같았다. 조금이라도 허점을 보이면 위험할 수 있었다. 주도권을 뺏기는 순간 계획이 엉망진창이 되겠지.

　기숙사를 제외한 학교 전체에 CCTV가 있었기에 유일하게 해킹 작업을 시도해봄 직한 곳도 기숙사였다. 그런데 시한폭탄 같은 리수와 함께 지내는 탓에 기회를 만드는 게 쉽지 않았다. 리수가 자신의 머리카락을 쓸어넘겼다. 인형처럼 잘 다듬어진 얼굴 가운데 특별한 빛을 반사하는 눈동자와 그 주변을 흐르는 머리카락이 보였다. 필시 생체코드를 변환한 모습이었다. 사람은 자연적으로 이런 색의 머리카락을 가질 수 없으니까. 생체코드를 변환하는 일에는 많은 비용이 들었다. 특히 독재자가 생체코드관리국을 점령한 후엔 코드 수정 비용이 천문학적으로 뛰었다. 단지 외모를 위해 사적으로 생체코드를 이용하는 건 평범한 사람들로서는 꿈꾸기 어려운 일이었다. 리수는 유력자의 딸인 걸까. 그렇다면 유복한 저 애는 왜 이런 곳에 들어온 걸까. 전교생 앞에서 소란은 왜 일으키는 걸까. 배부른 집안의 자제들이 비주류 문화에 쉽게 심취하는 것과 같은 이치일까. 리수가 자신의 배경을 믿고 제멋대로 사는 부류라는 생각이 들자 더 얄밉게 느껴졌다. 리수를 한 방 먹일 수 있는 일이 뭐 없을까 생각하다 라일락 향이 떠올랐다. 지금도 방 안엔 리수에게서 풍기는 향이 감돌고 있었다. 학교에 외부 존재를 들이는 건 금지였다. 동식물도 예외는 아니었다. 기싸움에서 지고 싶지 않았던 나는 리수를 쏘아붙였다.

"금지 물품을 멋대로 밀반입한 주제에 당당하네. 오늘 당장 들켜도 상관없겠지?"

"무슨 헛소리야?"

"몰래 식물을 키우잖아. 이제 곧 방문할 교관들에게 말해볼까? 싫으면 이 방 안에서만큼은 얌전히 지내."

"근거도 없는 망상을 사실처럼 떠드는 재주가 있네."

"품종은…… 라일락이구나. 익숙한 향기야. 살아 있는 식물이 아니라면 말린 꽃이나 디퓨저라도 들였어? 뭐가 됐든 이곳에서 다른 계절을 상기시키는 물건을 갖고 있는 건 금지야. 내가 이브를 사랑했던 것보다 더 큰 죄라고."

리수의 얼굴이 딱딱하게 굳었다. 전에 없던 표정이었다. 내 경고가 먹힌 모양이었다. 리수는 입을 다문 채 괜히 바닥의 종이 조각들을 발끝으로 흩뜨렸다.

신경질적인 움직임을 난 애써 무시했다. 성을 내봤자 입학식 때의 교관들처럼 리수에게 날뛸 명분만 줄 뿐이었으니까. 그날도 이미 리수는 주인공이었다. 아이들은 서약문보다도 서약문을 외우는 리수를 더 오래 기억했다. 리수가 다시 내 앞으로 다가왔다.

"그래도 이브를 사랑했던 건 맞나 보네."

"……"

이 애는 생각보다도 더 집요했다. 이번엔 내가 입을 다물었다. 리수의 얼굴 반쪽이 일그러졌다. 냉소하는 건지 분노하는 건지 알 수 없는 표정이었다.

"널 보면 누군가가 떠올라. 아주 거슬려. 더 정확히는 이상할 정도로 외로워져."

"여기서 모두를 거슬리게 하는 건 너야. 괜한 사람 몰아가지 마."

"……식물 향을 맡았더라도 그게 라일락 향이라는 것까지 맞히긴 쉽지 않아. 어지간히 꽃을 사랑한 게 아니라면. 이젠 보기 힘든 꽃이니까. 그러니 너도 만만치 않게 수상하지. 실수로 잠깐 이브를 사랑한 수준이 아니었던 것 같은데. 이 나라에선 그런 비효율적인 것에 관심을 두는 일도 사랑으로 몰아 감시한다는 걸 몰라?"

"억측하지 마. 모든 사람이 너 같진 않아."

난 짧게 대꾸하고 입을 다물었다. 등골이 서늘했다. 리수의 말이 정곡을 찔렀기 때문이다. 리수를 이겨보려다 너무 많은 걸 드러냈다. 애초에 상대를 말았어야 했는데. 입안이 바싹 말랐다. 난 아예 리수를 무시하기로 결심하곤 교관이 들어올 방문만 초조하게 바라봤다. 리수는 무언가를 말하려는 듯 입술을 달싹이다가 다시 예의 그 도발적인 미소를 짓더니 자기 침대 옆 책상 아래로 가 벽지를 긁기 시작했다. 난 그 애로부터 고개를 돌렸다. 리수가 어떤 짓을 해도 반응하지 않으리라. 그러나 리수는 곧 내 앞으로 돌아와선 주먹 쥔 손을 내밀었다. 주먹을 펴자 손바닥 위에 라일락 꽃이 가득했다. 작지만 소담한 꽃송이들이 봄의 증명처럼 눈앞에 펼쳐졌다. 리수는 손바닥을 뒤집어 그걸 그대로 떨구었다. 찢어진 일기장 조각들과 꽃잎들이 바닥에서 뒤섞였.

"밀고하려면 해보든가. 눈 하나 깜짝할 줄 알고. 그것들은 가장 중요한 기억은 읽어내지도 못하는 멍청이들이야. 하나도 안 무서워."

방 안엔 라일락 향이 더욱 자욱해졌다. 리수의 뺨이 시야에 들어왔다. 상처 하나 없이 깨끗한 뺨. 어젠 분명 피가 쏟아질 정도로 상처가 깊었는데. 기억삭제실에서는 인체의 상흔마저 지우는 모양이었다. 리수가 이렇게 당당하게 구는 걸 보면 이 학교는 리수를 특별히 대하는 것 같았다. 난동의 흔적조차 깨끗이 제거해줄 정도로 말이다. 그걸 믿고 더 안하무인으로 구는 걸까. 이유야 뭐가 됐든 교관들 몰래 해킹을 시도해야 하는 나로서는 그 애의 존재가 불편했다. 그 애가 품은 모든 것이 날 자극했다.

"네가 라일락을 어떻게 알아챘을까. 오랜 시간 기억 속에 각인되어 있던 게 아니라면. 향기만으로도 알아챌 정도로 좋아한 게 아니라면. 넌 거짓말을 하고 있어. 처음부터 전부. 아니면 기억이 조작되기라도 했어? 나처럼 말야. 네가 한 번도 그런 적 없다고 장담할 순 없을걸. 금지어라는 걸 알면서도 사랑을 곱씹고 또 되새기는 일, 그런 짓을 해보지 않았다는 증거는……."

"그딴 건 없어. 난 너와 다르다고 몇 번이나 말했잖아."

더 이상 그 애의 말을 듣기가 힘들었다. 난 리수의 말을 끊었다. 게다가 난 애초에 가짜 라일락칩을 심고 왔다. 그곳에 저장된 정보를 기반으로 코드 조작을 시도해봤자 오류만 난다. 정보를 더 알려줬다가는 큰일 날 것이다. 리수는 위험하다. 내가 말을 싹둑 자르자 리수는 심술궂게 어깨를 툭 부딪치곤 창가로 향했다. 여전히 내게선 눈을 떼지 않은 채였다. 최대한 리수와 얽히고 싶지 않은데도 보석처럼 밝은 빛을 뿜어내는 눈동자를 외면할 수가 없었다. 이상하게 그 눈을 보면 이브를 좋아할 때의 감정이 떠올랐다. 지금은 그 마음을 잊어야 하는데도. 교관들이 순찰을 돈다는 알람음이 울렸다. 리수는 순순히 일기 검사 따위를 받을 아이가 아니었다. 리수가 창문을 열어젖혔다. 소름 돋을 만큼 찬 바람이 방 안으로 휙 불어드는 통에 라일락 꽃잎과 종이가 공중에 나뒹굴었다. 리수는 창틀에 다리 한쪽을 걸쳤다. 저렇게 두었다간 나까지 벌점을 받을지도 몰랐다. 난 조바심에 한마디를 더 내뱉었다.
　"열성 인간처럼 굴지 마."
　그 말을 들은 리수가 얼굴에 명백한 조소를 띠었다. 아까와는 또 다른 표정이었다. 리수는 내 말엔 아랑곳하지 않고 나머지 다리까지 창틀에 마저 올린 후 말했다.

"이런 게 열성이라면 더 바닥까지 내려가주지. 그거 알아? 난 기억삭제실에 열 번도 더 끌려갔었어. 하지만 매번 기억을 되찾았어. 내가 가진 기억이 하찮고 열등하다면 왜 진작 제거에 성공하지 못했을까? 그들이 지울 수 있는 건 전기 신호로 해독되는 표면적인 정보일 뿐이라서 깊은 의식에 숨겨진 강렬한 기억은 없애지 못해. 그렇다면 더 강한 힘을 가진 쪽은 어디일까."

근거 없는 자신감이 아니었다. 기억삭제실에 다녀오자마자 서약문과 코드를 읊는 리수를 똑똑히 보았으니까. 순간 호기심이 고개를 들었다. 생체머신 없이도 기억을 되살릴 수 있다면…… 파머와 내가 하려던 방식 외에 아이들의 존재를 보호할 수 있는 길이 있을지도 몰랐다. 바깥에서 윙 하는 바람 소리가 다시 한번 들려왔다. 멀리서 문을 여닫는 교관들의 발소리도 들렸다. 리수는 이제 두 다리를 다 바깥으로 내밀고 있었다. 난 그 애를 붙잡을 수 없었다. 무언가를 캐묻기엔 시간이 부족했다. 물론 리수가 순순히 대답해

줄 것 같지도 않았다. 리수는 뛰어내릴 준비를 마치곤 날 돌아보았다.

"이브의 작품엔 언제나 향기가 풍겨. 넌 분명 그걸 잊지 못한 거야. 겨울 속에 갇히면 그걸 잊게 될 거라고 믿었어? 천만에. 언젠가 네가 학교를 나가 진짜 계절들을 누리길 바라. 진정한 봄을 맞이하는 순간 기억은 소생하니까. 몇 번이고, 몇 번이고. 이브는 죽지 않아. 잃어버린 계절을 기억하는 사람들이 있는 한."

가슴이 따끔거렸다. 나 또한 속으론 리수의 말에 깊이 동의하기 때문이었다. 리수는 입학식 날 내가 한 말들을 모조리 기억하고 있었다. 그만큼 날 주목했다. 이유가 무엇이었든 리수가 던진 말이 내 안을 헤집었다. 갑자기 리수가 같이 도망치자는 듯 내 쪽으로 손을 내밀었다. 난 반응하지 않았다. 리수는 내 태도에 그저 한번 미소 지었다. 얼어붙은 얼굴만이 가득한 학교에서 홀로 자유로운 얼굴이었다. 리수는 손을 거두고 어깨를 으쓱이더니 곧바로 뛰어내렸다. 그 후 눈밭을 사뿐히 밟으며 어딘가로 달려나갔다. 어질러진 방 안엔 나만 덩그러니 남았다. 계절의 기억들, 리수가 던진 말들이 마음속에 맴돌았다. 리수는…… 끝까지 반항하려는 걸까? 영원한 겨울 속에서? 무엇을 위해?

엉망인 바닥을 내려다보다가 몸을 숙여 흐트러진 것들을 치우기 시작했다. 종이로 꽃잎들을 감싼 후 리수가 뛰어내린 창밖에 버렸다. 흰 눈밭에 리수의 발자국만 일직선으로 찍혀 있었다. 떨어진 꽃잎들은 영혼의 자취처럼 그 홈들을 채우며 빛났다. 한동안 창문을 열어두었다. 환기가 더 필요했다. 방 안에 그득했던 라일락 향이 서서히 사그라들었다. 교관들의 발소리가 가까워졌다. 난 다시 방 중앙에 다소곳이 앉아 일기장을 펼쳤다. 거짓말로 가득한 종이와 마주한 머릿속을 채운 건 리수의 미소와 목소리였다. 이브를 처음 마주했을 때처럼 마음이 일렁였다. 네 입술로 그런 말을 내뱉는 게 싫어, 라고 말하던 리수가 아른거렸다. 나도 모르게 입가를 매만졌다. 거짓을 읊는 입술의 움직임을 그 애가 전부 지켜봤을 거라고 생각하니 목덜미가 뜨거웠다.

교관들은 건조한 문장으로 뒤덮인 일기장을 대충 훑곤 돌려주었다. 리수의 빈자리를 보고는 예상했다는 표정을 지었다. 그들은 리수가 수상한 행동을 하면 즉시 고발하라고 일렀다. 난 그들이 시키는 대로 하겠다고 대답했다.

6

"생체코드관리국의 데이터를 전수 분석한 결과 국민들 사이에 사회의 안전을 위협할 만한 정서와 호르몬의 고양이 수시로 일어나고 있음이 밝혀졌다. 손실이 큰 판단을 내리게 만드는 사랑을 우선적으로 소거할 수 있도록 전 국민은 협력해야 한다."

수업은 기이하고 지루했다. 서약문에서 외운 것과 별다른 바 없는 내용이 무한히 반복됐다. 어머니가 이 학교에서 일했다는 게 도무지 믿기지 않았다. 그분의 성격이라면 일주일도 못 가 뛰쳐나갔을 텐데. 어머니는 이곳에서 어떤 생활을 했던 걸까? 교관이 라일락 폭동과 관련된 자료를 교실 벽에 드리운 스크린에 띄웠다.

"지도자의 뜻을 방해하려는 반동분자들이 국가의 안전을 위협한다. 이에 선동되지 않길 바란다. 잿빛라일락법은 무엇보다도 열성 인자를 강력하게 통제할 수 있는 가장 효과적인 수단이며 결국 인류를 진화시킬 것이다. 나라를 구할 유일한 법이다. 사랑의 멸종! 멸종! 멸종!"

그걸로 우릴 이런 감옥에 잡아넣었지. 난 격양된 교관의 말을 속으로 비웃었다. 스크린에 사나운 표정의 시민들이 긴 창 같은 것으로 이브의 틈 앞에서 군인들을 공격하는 모습이 비쳤다. 자세히 보니 그들이 든 건 굵은 줄기의 꽃이었다. 시민들은 얼굴 반쪽에 이브의 얼굴을 모방한 가면을 썼다. 사진은 의도적인 구도로 찍힌 것이었다. 교관은 그걸 가리키며 설명했다.

"사랑을 좇으면 얼마나 비이성적이고 포악하게 변하는지를 보여주는 자료다."

글쎄, 설령 군인 몇 명이 꽃으로 좀 맞는다고 해도 사회가 무너질 것 같진 않은데. 그 어떤 설명에도 공감할 수 없는 지루한 수업을 흥미로운 척 듣는 일은 고역이었다. 얼마 전 찾아본 기사엔 이브가 더 이상 세상에 등장하지 않고 있으며, 죽은 것으로 추정된다는 내용이 실려 있었다. 운동가와 시민들에겐 절망스러운 소식이었다. 이전에도 이브의 실종에 관한 소문은 많았다. 이브가 정체를 숨기고 더 큰 혁명을 준비한단 소문도, 변절하고 독재자에게 포섭되었다는 이야기도, 기억을 삭제당한 후 전혀 다른 존재로 살고 있단 말도 있었다. 누구도 진실은 알지 못했다. 나는 그 모든 말이 거짓이길 빌었다.

이브의 마지막 작품은 독재자의 관저 꼭대기에 나타났었다. 얼굴 반쪽은 식물로, 다른 반쪽은 우주의 모습으로 덮인 가상체였다. 그 얼굴은 "불멸하는 사랑으로!"라는 말을 외치곤 안팎이 뒤집히며 한 송이의 거대한 꽃으로 변했다. 꽃과 여신의 얼굴을 무한히 반복하는 작품이 이브의 마지막 흔적이었다. 이런 수업을 듣느니 차라리 그 작품을 감상하는 게 세상에 더 이로울 텐데. 아름다운 시선으로 사람들을 굽어보고 사랑을 발설하는 여신의 얼굴이 그리웠다.

독재자의 교육에 속을 아이들은 몇 명이나 될까?

난 슬쩍 수연과 정원, 리수의 빈자리와 다른 아이들을 지켜봤다. 아이들은 저마다 생기 없는 얼굴로 정면을 바라보고 있었다. 하지만 전부 수업을 들어야 해서 듣는 표정이었지 정말로 그 내용에 집중한 얼굴이 아니었다. 뒷자리의 수연과 정원이 교관 몰래 서로의 새끼손가락을 거는 게 보였다. 난 공책 하나를 교과서 아래에 펼쳐두곤 필기하는 척 낙서를 했다. 그동안 파악한 학교의 설비와 네트워크망을 토대로 사각지대를 예측했다. 조만간 첫 번째 해킹을 위한 본격적인 작업을 시작해야 했다.

임무를 위해 루트킷(rootkit)*을 사용한 해킹을 시도하기로 결심했다. 루트킷을 설치하면 원격으로 파일을 실행하고 시스템을 변경하는 일이 가능했다. 삭제해도 되살아나는 리스토어(restore) 기능까지 심는다면 재부팅을 하더라도 툴이 좀비처럼 남았다. 이런 좀비 컴퓨터를 열 대 정도로 늘리면 전교생의 데이터를 옮길 수 있을 터였다. 루트킷은 정교한 기술로 이루어져 쉽게 탐지되지도 않았다. 한 번 설치에 성공하면 뒷일은 수월했다. 문제는 루트킷 작업 과정을 어떻게 교관들에게 철저히 숨기느냐였다. 나는 어떤 컴퓨터가 작업에 유리할지 머리를 굴렸다.

수업은 이제 얼굴의 코드를 조정하여 미소를 삭제하는 실습 단계로 넘어갔다.

기억삭제술이 존재함에도 학교가 아이들을 계속

---

* 사용자가 알지 못하는 사이에 권한을 훔치는 도구들의 모음.

훈련하려 드는 건 그 기술만으로 뇌를 건드려 기억을 전부 지우는 데엔 한계가 있기 때문이었다. 한 가지 정보를 없애도 특정 패턴이나 습관을 반복하면 다시 소생되는 경우가 있었다. 신경가소성에 따라 뇌는 새로운 기억의 가지들을 계속 뻗어냈으며 당사자 스스로가 감정을 부인하고 억압하지 않는 한 기억 세포들은 재생됐다. 교관들이 우리에게 극단적인 판단의 기준을 강요하고 그 틀에 맞춰 감정을 스스로 재단하라 명령하는 이유도 그래서였다. 선택지가 그뿐이라고 착각하면 억압의 효과가 강해졌으니까.

표정은 주변과 상호작용하여 쌓인 경험과 생각에 따라 자연스레 바뀌는 것이다. 통제만으로는 고정할 수 없다. 생체코드 조작과 심리적인 억압을 긴 시간 동안 지속적으로 행해야 겨우 없앨 수 있다.

아이들은 작은 것에 너무나 쉽게 웃고 사랑을 느끼는 존재였다. 학교는 그런 아이들에게 직접 생체코드를 수정해 미소를 지우라고 강요했다. 얼굴 근육과 신경, 정서 반응을 관장하는 부위들을 수정하는 일을 적용률이 100퍼센트가 될 때까지 반복시켰다. 그것이 중요한 졸업 요건이었다. 나는 교관이 제시한 코드 목록을 살펴보았다. 어렵지 않은 수준의 과제였다. 그걸 미리 짜놓곤 몰래 학교 시스템에 접속해 시설 현황을 탐색했다. 사용률이 낮은 컴퓨터들을 타깃으로 삼아 좀비 컴퓨터로 만들 생각이었다.

312호실 3열 중앙 컴퓨터가 눈에 띄었다. 실습실에 있는 그 컴퓨터는 수업에 종종 쓰일 텐데도 유독 사용 빈도가 낮았다. 그 컴퓨터를 첫 번째 목표물로 삼고 위치와 IP를 메모한 후 다시 과제로 시선을 돌렸다.

그때였다. 갑자기 왼편 창가에서 눈부신 빛이 새어 들어왔다. 시선을 돌린 아이들이 탄성을 질렀다. 모두가 동시에 바라본 그곳에 틈이 등장했다.

허공에 등장한 연초록의 덩굴들이 겨울을 쪼개더니 학교가 은폐했던 진짜 계절의 모습을 드러냈다. 눈앞에 구슬처럼 투명한 하늘과 반짝이는 햇살, 그리고 봄꽃과 숲이 출현했다. 우린 순식간에 수많은 식물의 이름을 기억해냈다. 진달래, 매화, 산수유, 목련, 등나무, 해당화, 수선화와 작약……. 틈의 가장자리엔 연보라색 라일락이 수두룩했다. 칩이나 법안에 붙는 수식어가 아닌…… 진짜 라일락이었다. 벌써 바깥에는 봄이 도래했구나. 틈은 10초간 유지되다가 서서히 사라졌다. 짧은 시간이었지만 교관들의 존재를 모조리 지워버리기엔 충분했다. 창백했던 아이들의 얼굴에 화색이 돌았다. 정원이 중얼거렸다.

"이브가 살아 있어. 우리의 계절을 되찾아주러 왔어."

이 어마어마한 계절의 목도는 아이들에게 파란을 일으켰다. 아이들의 얼굴에 한번 떠오른 미소는 걷잡을 수 없이 번졌다. 사색이 된 교관들은 이 사태를 보고하러 바삐 움직였다. 아이들은 방금 본 광경이 거짓이나 착각이 아님을 확인하기 위해 서로의 눈을 마주 보았다.

심장이 박동했다. 이브가 살아 있다. 봄이 아직 곁에 있다. 이브는 어떤 이유에서든 존재를 숨기고 저항의 때를 노리고 있었던 것이다. 무한히 반복하고 소생하는 계절을 만들면서. 이브를 다시 만날 수 있을까? 작은 가능성이라도 있다면 이 학교의 추위를 버틸 수 있으리라.

이브는 가상 필드 기술을 천재적으로 활용했다. 이브가 이 학교에 있는 거라면…… 얼굴을 구현하는 기술을 빌려 이곳의 감시망을 뚫을 수도 있지 않을까. 난 공책에 표시해둔 네트워크 정보들을 머릿속에 새졌다. 싸우는 건 나 혼자가 아니었다. 이브와 함께라고 상상하자 미래가 암담하지만은 않았다.

○

주저하지 않고 계획을 실행에 옮기기로 한 날이었다.
과제용 공책과 기계를 챙겨 길을 나섰다. 목표는 312호실의 3열 중앙 컴퓨터. 그곳의 네트워크 암호키는 구버전이었다. 첫 번째 루트킷을 설치하기에 적소였다. 여차하면 노트북이 고장 나 과제를 하러 왔다고 둘러대면 그만이었다. 저녁 시간이 끝나기까진 한 시간 정도가 남아 있었다. 설치를 마친 후에는 방 안의 노트북으로 원격 작업을 할 수 있으니 신속하게 움직이는 게 관건이었다.
교실 문을 열었다. 사람들이 모두 빠져나간 공간의 여러 그림자 사이로 노을이 비스듬히 스몄다. 불을 켜지 않고 목표한 컴퓨터로 다가갔다. 공책과 필기구를 한쪽에 펼쳐두곤 전원 스위치를 눌렀다. 복도 끝의 외진 곳이라 인기척도 들리지 않았다. 어두컴컴한 교실 안에 홀로 있으려니 으스스했다. 하지만 지체할 시간이 없었다. 빠르게 USB를 포트에 꽂고 프로그램 설치를 시작했다. 최소 10분, 최대 20분 안에는 마무리 지어야 했다. 화면에 설치 정도를 알리는 푸른 막대가 떴다. 막대가 다 차면 설정 창을 열어 원격 제어 기능으로 내 노트북과 연결하면 끝이었다. 높은 산 중턱에 있는 학교라 그런지 설치 속도가 느렸다. 벽시계를 보며 루트킷 하나를 설치하는 데 걸리는 시간을 가늠했다. 아이들의 데이터를 반출할 때에도 정확한 시간 계산이 필수였으니까. 10퍼센트, 20퍼센트……. 생각보다도 느린 속도에 애간장이 탔다. 손끝으로 책상을 두드렸다. 종이 치면 아이들이 각 교실에서 쏟아져 나올 것이었다. 그때가 되면 들킬 위험도 컸다. 부디 조금만 더 빨리…….

막대가 겨우 90퍼센트까지 차올랐다. 그때, 반대편 복도 끝에서 소란스러운 발소리가 들렸다. 반사적으로 모니터를 껐다. 상체를 숙이고 바깥 소리에 귀를 기울이자 누군가가 이쪽으로 다급하게 달려오는 걸 알 수 있었다. 큰일이었다. 설치가 끝나지 않았으니 지금 컴퓨터를 종료할 수 없었다. 돌발 상황에 몸이 뻣뻣해졌다. 순간 교실 구석에서 반짝이는 이동식 콘

센트의 불이 보였다. 아차, 이목을 끌 요인들을 최대한 없애야 했는데. 난 몸을 아예 낮추고 그곳으로 기어갔다.

드르륵. 문이 갑자기 열린 탓에 웅크린 자세 그대로 얼어붙고 말았다. 어둑한 저녁 빛과는 전혀 다른 색채를 띤 누군가가 교실 안으로 뛰어들어왔다. 어스름 속에서도 윤곽이 환히 빛나는 연보라색 머리카락의 소유자, 리수였다.

"……."

몇 초간의 정적이 흘렀다. 도망자의 정체를 알아본 나는 꼼짝할 수 없었다. 상대도 마찬가지였다. 숨을 거칠게 몰아쉬던 리수도 날 발견하곤 눈을 크게 떴다. 예상치 못한 대치 속에서 침묵이 길어졌다. 홀로 교실 안에 있던 나와 이곳으로 갑자기 뛰어들어온 리수, 과연 누가 더 수상한 걸까?

설상가상으로 알람이 작게 울렸다. 당황한 내가 황급히 뒤돌았다. 이런, 컴퓨터를 음소거 해두지 않았구나. 하필 이때 해킹 툴 설치가 끝나다니. 바깥까지 들릴 정도는 아니었지만 리수에겐 똑똑히 들렸을 터였다. 식은땀이 흘렀다. 리수가 무얼 하고 있었느냐고 물으면 뭐라고 대답하지? 어떻게 해명해야 의심을 피할 수 있지? 리수의 시선이 컴퓨터로 향했다. 저녁도 거른 채 이 구석진 곳의 컴퓨터를 사용하는 내가 얼마나 수상해 보일까. 머릿속이 복잡했다.

리수는 어쩐지 방 안에서 내게 시비를 걸던 때와는 사뭇 다른 분위기였다. 해 질 녘의 어스름 때문이었을까. 리수의 눈동자가 유독 깊게 타올랐다. 난 뭐라고 변명이라도 하려 입을 뗐다. 그러자 리수가 검지를 입술 앞으로 가져다 대며 조용히 하라는 신호를 보냈다. 난 그 애의 뜻에 따라 입을 다물었고 리수는 컴퓨터 쪽을 응시하더니 턱 끝으로 복도를 가리켰다. 찰나의 순간, 내가 뭐라 물어볼 새도 없이 그 애는 다시 문을 열고 뛰쳐나갔다. 난 우두커니 교실에 남았다. 허무하도록 조용한 어둠 속에서 컴퓨터 본체의 은은한 불빛만이 깜박였다.

이게 무슨 일이지?

어디선가 진한 라일락 향이 풍겼다. 동시에 창밖에 틈이 등장했다.

지난번 등장했던 것보다 훨씬 더 정교하고 화려한 이브였다. 이마와 코뼈를 따라 목련과 산수유, 민들레가 얽혀 노을보다도 진한 윤곽을 만들었다. 이브의 얼굴은 운동장을 가로지르더니 공중으로 떠올랐다. 복도를 서성이던 아이들의 발걸음이 전부 바깥으로 향했다. 때는 지금이었다. 나는 모두의 시선이 그쪽으로 쏠린 틈을 타 컴퓨터로 달려가 작업을 종료했다. 우연이었을까? 리수와 이브가 각각 시선을 끌어준 덕에 나는 무사할 수 있었다.

전원을 끄고 교실을 떠나기 전, 키보드 아래쪽 선반 구석에 있던 낡은 이름표 하나가 눈에 띄었다.

리수.

여기는 리수의 자리였다. 오래도록 쓰이지 않았지만.

리수에게 감사 인사라도 해야 할까. 그 애는 마치 날 지켜주려는 듯 행동했다. 교관들의 시선을 끌면서. 어쩌면 리수는 이브와 연관되어 있거나, 이브의 조력자인지도 몰랐다. 리수는 그 후 기억삭제실에 불려간 건지 한참이나 돌아오지 않았다. 금지된 향기를 풍기는 불온 분자 리수. 어디엔가 은둔하여 신호를 보내는 이브. 이날부터 우리 사이에는 본격적으로 비밀이 들어서기 시작했다.

7

금지하면 사랑은 깊어진다.

　통제할수록 감정의 정도는 심화되는 법. 겨울로 가득한 학교에서 아이들이 봄을 맹렬히 열망하는 건 자연스러운 이치였다. 아침 조례 시간에 독재자의 목소리로 발표되는 금지령이 늘어갔다.

　"사랑을 표현하는 모든 예술 행위를 금지한다. 음악, 문학, 연극과 미술 모두. 우리가 시키는 대로 한다면 제군들에게 공정한 사회를 약속한다. 더 이상 인류의 감정에 호소하는 일은 없다."

　"다섯 명 이상 모이는 걸 강력히 제재한다. 최근 이브에 대한 헛소문을 퍼뜨리는 무리가 있다는 소식을 들었다. 생체코드를 하나라도 더 공부해야 할 시간에 몰려다니며 유언비어를 양산해서는 안 된다."

　교관들은 사랑을 억제하지 않으면 엄벌하겠다고 위협했다. 그럴수록 아이들은 더 은밀하고 진득하게 사랑을 키웠다. 땅속에서 월동하는 식물의 구근처럼.

그 배경에 리수가 있었다.

자신에게 상처 입힘으로써 누구도 자신을 잊지 못하도록 만드는 리수가.

바깥에서 소란이 일어난다. 우리 모두는 생각했다. 또 리수구나.

하루에 한 번씩 리수는 소동을 일으켰다. 복도에서, 의무실에서, 식당에서, 운동장에서……. 그 애는 인형같이 예쁜 자신의 얼굴 반쪽을 모조리 긁거나, 멍들이거나, 부풀리거나, 찢은 채로 나타났다. 그럼 교관들은 그 애를 잡으러 뛰어다녔다. 소란스러운 추격전이 이어진 후 리수는 언제나처럼 기억삭제실로 끌려갔다. 서너 시간은 족히 걸리는 기억삭제 과정이 끝나면 리수는 다시 매끄럽고 흰 얼굴로 되돌아왔다. 리수는 수업에 한 번도 나타나지 않았다. 방에 돌아오지 않은 지도 오래였다. 그런 리수를 보는 아이들의 시선은 제각각이었다. 교관들의 주의를 흩뜨리는 리수의 특이 행동을 고깝게 보기도, 지지하기도 했다.

"우성 인간의 귓바퀴 모양을 복제하고 완성한 사람부터 나가라."

교관이 생체코드 변환법을 모니터에 띄운 후 리수를 추적하러 교실 밖으로 사라졌다. 열린 문을 통해 진한 라일락 향이 풍겼다. 리수가 소란을 피울 땐 언제나 이런 향이 교내 전체에 퍼졌다. 봄이 난동을 피우는 신호 같았다. 아이들은 교관이 나가자마자 수군거렸다.

"리수 쟤 항상 왜 저러는 거야?"

"관심을 끌고 싶은 거겠지. 망가져도 자꾸 원상 복구를 시켜주니깐 그걸 믿고 저러는 거 아니야?"

"넌 걔랑 대화도 제대로 안 해봤잖아. 잘 알지도 못하면서 함부로 말하지 마."

"수업에 들어오질 않는데 어떤 애인지 내가 어떻게 알아."

"오히려 지겨운 수업을 잠시라도 멈춰줘서 고마운걸. 저런 짓도 아무나 못 해."

분분한 여론을 들으며 나는 입을 다물고 꿋꿋이 과제를 마쳤다. 그러던 중 낙원에 대한 이야기가 귀에 꽂혔다.

"오늘은 낙원에 별 이야기 없었어? 리수가 게시판 운영자라는 말이 있던데."

시계를 보니 수업 종이 치기까진 한참 남은 시점이었다. 교관들은 리수를 쫓는 데 정신이 팔려 있고, 아이들은 소문에 대해 떠드느라 바빴다. 날 신경 쓰는 사람은 아무도 없었다. 코드를 짜는 척하며 인트라넷을 열었다.

낙원은 아이들의 데이터베이스가 저장된 인트라넷에 생겼다던 비밀 게시판이었다. 인트라넷은 과제를 제출하거나 공지 사항을 확인하는 용도로 쓰이는 공간이었는데 상점과 벌점도 조회할 수 있었다. 여기에 숨겨진 주소가 있고, 거기에 들어가 암호를 입력하면 낙원이라는 익명 게시판으로 연결되었다. 그곳엔 독재자를 규탄하는 바깥 사람들의 소식이나 기억삭제술에 관한 경험담이 올라온다고 했다. 교관들이 지우지 못한 사랑의 기억이 남겨지기도 했다. 그곳에선 모두 익명으로 활동하는데, '가든'이나 '트리' '릴리'처럼 식물과 관련된 닉네임이 많다고 했다. 익명을 사용한다는 점이 내가 속해 있던 공동체와 동일했다. 그래서 더 흥미가 일었다. 어쩌면 그곳에 어머니의 단서나 학교 시스템에 관한 정보가 있을지도 몰랐다. 문제는 그곳의 암호를 쉽게 알 수 없다는 점이었다.

낙원의 운영자는 가든이었다. 가든은 학생 중 하나였고, 그 애가 어떤 식으로든 검증하여 믿을 만하다고 인정한 아이들에게는 암호를 알려주는 '가드너'가 접근했다. 암호는 입에서 입으로만 전해졌고, 일주일에 한 번씩 바뀌었다. 아직 내게는 가드너가 찾아오지 않았다. 이곳에서 제일가는 모범생에게 암호를 알려주진 않을 듯싶었다. 그렇다면 나 홀로 낙원에 입장할 방법은 없는 걸까?

웹페이지 소스를 분석해볼까.

인트라넷을 구성하는 웹이 어떤 코드로 만들어져 있는지를 보여주는 페이지를 열었다. 물론 나도 아이들의 공간을 노출시켜 위험에 빠뜨리고 싶진 않았다. 다만 필요한 정보를 얻는 건 그것과 별개의 일이었다. 스스로를 이렇게 합리화하며 눈에 띄는 게시판 디렉터리나 배포 일자, 그리고 버전이 적힌 파일명을 찾았다. 하지만 인트라넷 관리자도, 낙원의 운영자도 바보는 아니었기에 알아챌 만한 단서는 없었다. 보통 주요한 정보들에는 외부에서 확인이 어려운 확장자를 붙여두는데 그 작업까지 마친 모양이었다. 보안을 꽤나 신경 쓴 사이트였다.

잠시 턱을 괴고 고민에 빠졌다. 낙원의 주소를 알 수 있는 방법이 또 없을까. 문득 앞쪽 칠판에 교관이 적어둔 교칙이 눈에 들어왔다.

인류의 오류인 열성 인간을 우성 인간으로.

교실에 들어올 때마다 마주해야 했던 문장이었다. 그중에서 유독 '오류'라는 글자가 크게 보였다. 순간 어떤 아이디어가 벼락처럼 머릿속을 스쳤다.

다시 인트라넷을 열어 사이트 디렉터리 주소에 일부러 오타를 냈다. 그리고 엔터키를 누르자 화면에 백색의 오류 페이지가 떴다.

없는 페이지입니다. 404 Not Found.

나는 이 에러 페이지에서 다시 소스 코드 창을 열고 분석을 시작했다. 보통 잘못된 접속을 알리는 에러 페이지에는 관리자 페이지나 다른 로그인 페이지로 안내하는 주소가 함께 제공됐다. 인트라넷 게시판과 학교 관련 사이트는 주로 'Paradise for'라는 글자로 시작했다. Paradise for human, Paradise for student, Paradise for girl……. 그중에서 느낌이 다른 이름 하나가 눈에 띄었다.

Paradise for flower.php

이거다. 직감으로 알 수 있었다. 이 이름과 연결된 디렉터리들을 분석하면 낙원으로 가는 입구를 찾을 수 있을 것 같았다.
　제법인데.
　낙원의 운영자도 상당한 실력자였다. 어쩌면 교관들보다 한 수 위였다. 소문대로 리수가 이곳의 운영자일까? 그렇다면 이곳에 대체 어떤 정보가 숨겨져 있을까. 리수의 행동은 매일 위태롭고, 또 거슬렸지만…… 분명 그 애도 나와 같은 목적으로 움직였다. 방식이 무엇이든 학교를 무너뜨리고 계절을 되돌리려 하고 있었다. 그러니 자신의 컴퓨터 앞에서 수상한 일을 벌이는 듯한 나를 보고도 별말 하지 않고 교관들까지 유인해줬을 테지. 나는 찾아낸 파일명을 통해 관리자 페이지까지 어떻게 접근해야 할지 궁리했다. 그때였다. 갑자기 누군가 어깨를 툭 쳤다.
　"역시 모범생. 벌써 코드를 다 만들었어? 나한테도 좀 가르쳐주라. 이러다 만년 꼴찌만 할 것 같거든."
　여기에서 내게 말을 걸 사람은 없는데. 난 황급히 종료 키를 누르며 뒤를 돌아보았다. 그곳엔 빙글빙글 웃는 정원이 있었다. 또래보다 훨씬 큰 키 덕에 눈앞에 그늘이 졌다. 교관이 아니라 다행이지만 방심할 순 없었다. 내가 뭘 하는지를 눈치챘을까? 등골이 서늘했다. 정원은 안면 근육을 끌어올린 상태였다. 그러나 결코 유한 눈빛은 아니었다. 난 침착하게 대답했다.

"아니. 코드를 잘못 입력했는지 계속 오류가 나. 좀 더 수정해야 해."

"아아, 방금 전 그 허연 페이지가 그래서 뜬 거야? 난 또 상위권은 코드를 다 완성하고 놀 시간도 있구나 싶었지. 너는 항상 우리 중 가장 먼저 코드를 완성하잖아. 실수도 없고. 조기 교육이라도 받은 거야, 엘리트?"

내용은 날 추켜세우는 듯했지만 명백한 도발이었다. 말을 마친 정원은 부러 소리 내어 킬킬거렸다. 이곳에선 모두가 감정을 절제해야 하는데도 정원은 교칙 따윈 개의치 않았다. 리수처럼 바깥으로 나돌진 않았지만 교관들 앞에서도 거침없이 행동했다. 큰 소리로 웃거나 책상을 두들기는 행동으로 그들의 심기를 건드렸다. 기억삭제실도 세 번쯤 다녀왔다. 특히 정원이 나에 대해 어떤 생각을 가졌는지 파악할 수 없다는 점이 나를 불안하게 했다. 얼굴에서 미소를 지우는 작업을 20퍼센트는 해두어 다행이었다. 난처한 마음이 숨겨졌을 테니까. 난 곧바로 응답하지 않고 무표정을 가장하며 상대를 올려다보았다. 그러자 정원은 허락도 없이 내게 어깨동무를 하더니 나직하게 속삭였다.

"사실 난 부르주아들을 좋아하지 않아. 혜택은 있는 대로 다 받아놓고 성취가 오로지 제 노력 덕이었다고 착각하는 배부른 것들 말이야. 보통 그런 부류는 남들이 세상을 변화시키려 열심히 싸울 때 뒤로 빠져 있다가 콩고물만 받아먹거든. 재수 없는 비겁자들이지, 안 그래?"

난 정원을 똑바로 바라보았다. 정원은 냉소를 지우지 않은 채 내 시선을 맞받았다. 정원은 내가 교관들의 수하에 있다고 생각하는 듯했다. 물론 이곳의 대다수가 날 그렇게 여기고 있었지만……. 그렇다고 내 정체를 밝힐 수는 없었다. 엉뚱한 곳에 정보가 새어 들어가기라도 하면 큰일이었으니까. 나는 정원의 팔을 매몰차게 쳐냈다. 그러나 정원은 끈질기게 다시 팔을 올렸다. 내가 미간을 찌푸린 찰나, 뒤쪽에서 갑자기 다른 손 하나가 나타나 정원의 뒤통수를 후려쳤다.

정원은 그대로 앞으로 고꾸라졌다.

"은수는 그런 애 아니라고 했잖아."

"아씨, 그걸 네가 어떻게 알아. 입학식 첫인상 때문에 덮어놓고 믿는 거잖아. 너 그새 취향이 바뀐 건 아니지?"

"시끄러워. 은수가 그런 애였다면 벌써 몇 번도 넘게 리수부터 고발했겠지. 은수가 한 번이라도 그런 짓 하는 거 본 적 있어?"

손의 주인은 수연이었다. 정원은 머리통을 감싸고 억울한 표정을 지었지만 수연은 조금도 흔들리지 않고 또박또박 말을 이어나갔다.

"이렇게 서로 의심하게 해서 분열시키는 게 교관들의 목표라고 했잖아. 확실한 증거 없이 무례하게 굴지 마."

난 수연에게 눈짓으로 고마움을 표시했다. 침착한 성격의 수연은 행동파인 정원을 통제할 수 있는 유일한 존재였다. 둘은 오랜 소꿉친구라고도 했다. 가끔 이렇게 투덕거려도 서로가 늘 1순위였다. 수연은 정원을 속속들이 파악했고, 그건 정원도 마찬가지였다. 정원은 기억삭제실에 다녀온 뒤에도 수연만큼은 잊지 않았으니까. 삭막한 학교에서 교관들의 억압에도 영혼을 의탁할 관계가 있다는 건 부러움의 대상이자 희망 그 자체였다. 수연은 가상 필드를 잘 다뤘고, 정원은 생체머신 엔지니어링에 능숙했다. 만약 이곳이 감정을 통제하는 학교가 아니라 재능을 발휘하도록 돕는 평범한 학교였다면 둘은 우수 학생이었을 것이다. 이곳에선 문제아의 경계에 아슬아슬하게 서 있었다. 그들이 주목받을수록 내게 쏠린 감시가 덜해지니 조금은 고마웠지만. 열성 인자인 사랑을 제거하지 못한 채 재능만 갖고 있는 건 이 세계에서는 비극이었다. 생체코드 기술은 독재자가 꼽은 유망 산업이었음에도, 정원과 수연 같은 아이에겐 그걸 개발하고 활용할 기회가 허락되지 않았다. 둘은 졸업을 위한 가산점을 한 번도 받지 못했다.

자세를 고쳐 앉았다. 바깥이라면 둘과 좋은 친구가 되었을 텐데. 하지만 이곳에선 얽혀서 좋을 게 없었다. 기세가 한풀 꺾인 정원이 투덜댔다.

"알았어. 누가 믿을 만한지 판단하는 일은 너한테 맡겼으니까 따를게. 그래도 마지막으로 하나만 묻자. 범생이, 너 아직 이브를 사랑해?"

갑작스러운 지목에 멈칫했다. 이들이라면 내가 이브를 좋아한다고 해도 밀고하지 않을 테지만. 이런 걸 왜 묻지? 난 수연을 쳐다보았다. 이번엔 수연도 대답을 기다리는 듯 침묵했다. 입안이 바짝 말랐다. 난 태연해 보이려 애쓰며 대답했다.

"……그거 다 꾸며낸 이야기였어."

"어느 쪽을?"

정원은 이브를 사랑한다는 이야기가 거짓인지, 이브를 잊었다는 이야기가 거짓인지를 묻고 있었다. 대답하지 못하는 나를 두고 그는 코웃음을 치더니 수연을 바라보았다. 수연은 무언가를 곰곰이 생각하다 입을 열었다.

"네가 얼어붙은 겨울보다 불멸하는 사랑을 믿는다면 플로리오그라피를 찾아. 이곳에 비하면 바깥의 사계절은 낙원이잖아. 우리의 계절은 어디로 사라졌을까. 왜 빼앗길 수밖에 없었을까. 하지만 적어도 여섯 가지 식물을 기억한다면 넌 지옥에서만 살진 않을 거야. 우리가 알려줄 수 있는 건 여기까지야. 난 널 믿지만 네가 우리 편이라는 확실한 증거도 없으니까……."

수연은 수수께끼 같은 말을 남기곤 정원과 함께

자리로 돌아갔다. 그들이 사라진 자리를 한참 응시하다가 고개를 돌렸다. 낙원에 관한 단서를 받은 셈이었다. 두 사람은 일종의 매개자인 걸까. 가드너만이 낙원으로 입장하는 암호를 공유할 수 있댔지. 아마 입학식 때 수연과 정원을 도운 일로 조금은 신임을 얻었지만 여전히 경계 대상인 모양이었다. 어쨌든 나에게 힌트를 준 수연이 고마웠다. 난 수연의 말을 곱씹었다. 플로리오그라피, 불멸하는 사랑, 여섯 가지 식물……. 이 단서들을 조합한다면 낙원에 접속할 수 있었다.

더 많은 정보를 제공해줄 인물이 떠올랐다. 학교 감시망에 잡히지 않는 음지의 루트로 파머에게 메시지를 전송했다.

―플로리오그라피와 관련된 자료들을 정리해 보내주실 수 있나요?

얼마 지나지 않아 긍정의 대답이 돌아왔다. 파머는 나의 안부와 임무의 진행 상황을 물었다. 난 빠르게 답장을 보낸 후 주고받은 대화 내용을 전부 삭제했다.

―졸업식이 우리의 축제가 되도록 할게요.

아이들이 하나둘 과제를 완성한 후 떠났다. 나도 그들 사이에 섞여 과제를 끝내고 방으로 돌아왔다. 리수는 여전히 없었다. 묘한 고독감이 몰려왔다. 우울한 기분을 떨치려 큰 한숨을 뱉었다. 이곳엔 아직 사랑의 불멸성을 믿는 아이들이 존재했다. 잃어버린 계절을 되찾으려는 사람들이 있었다. 혼자가 아니다. 나는 이 말을 되뇌며 파머의 자료를 기다렸다. 학교를 감싼 라일락 향이 나날이 짙어졌다.

○

파머는 플로리오그라피를 만드는 꽃과 꽃말의 목록을 보냈다. 어머니가 떠올랐다. 꽃을 좋아하던 어머니도 내게 플로리오그라피를 언뜻 알려주신 적이 있었다. 서양에선 꽃말을 활용해 비밀스러운 메시지를 전달한다고 했다. 예를 들어 긍정적인 의미의 꽃들을 묶어 사랑을 고백하고 부정적 의미의 식물을 더해 애증이나 절교, 복수의 의미를 전했다. '당신 생각으로 가득하다'라는 뜻의 팬지를 사랑의 꽃말을 가진 꽃들과 엮으면 상대를 하루 종일 생각한다는 뜻이 됐지만,

복수나 미움을 뜻하는 꽃과 엮으면 분노로 머릿속이 꽉 찼단 뜻이 됐다. 난 수연의 말을 상기했다.

'얼어붙은 겨울보다 불멸하는 사랑을 믿는다면, 적어도 여섯 가지 식물을 기억한다면 넌 지옥에서만 살진 않을 거야.'

키워드는 '불멸하는 사랑'이다. 이걸 암호로 번역할 길이 필요했다. 나는 플로리오그라피 목록을 들여다봤다. 여섯 가지 식물을 섞어 이 뜻을 구현할 방법이 있는지 머리를 굴렸다. 한참을 궁리한 끝에 열 개의 후보가 나왔다. 각각을 대입하며 암호 칸에 넣어보았다. 경우의 수가 상당했지만 몸으로 부딪치는 수밖에 없었다. 어깨가 뻐근해지도록 무수한 꽃의 조합을 기입했다.

산수유, 달리아, 오렌지 꽃, 글라디올러스, 서향과 라일락.

이렇게 입력했을 때였다. 웹페이지가 순식간에 변하더니 '불멸하는 사랑'이라는 문구가 새겨진 팝업창이 열렸다.

얼어붙은 겨울보다 불멸하는 사랑을 믿는다면.

사랑이라는 단어 위에 마우스를 갖다 대자 커서가 손가락 모양으로 바뀌었다. 그대로 클릭하자 흑백의 게시판이 눈앞에 떠올랐다. 성공이다! 아이들의 숨겨진 소통 창구인 낙원이 모습을 드러냈다. 게시판 운영자는 가든이었지만 공지 사항으로 지정된 첫 글을 작성한 사람은 이브였다.

이브가 정말로 학교에 있었어.

우리가 본 꽃의 얼굴들도 진실이었다. 가슴이 빠르게 뛰었다. 나는 게시물들을 클릭했다. 그런데 이상한 일이었다. 아이들이 올린 글을 한 자도 읽어낼 수 없었다.

그곳에도 온통 꽃 이미지뿐이었다. 글자라고 할 만한 텍스트는 한 줄도 없었다. 어떤 글에는 진짜 꽃 사진이, 어떤 글에는 손 그림이 있었다. 이게 무엇인지 도통 알 수가 없었다. 그 수두룩한 작품은 분명 아름다웠으나 도대체 아이들이 왜 몰래 숨어 줄곧 이런 콜라주를 올리고 있던 건지 이해하기 어려웠다.

맨 처음으로 돌아가 이브가 올린 공지 사항을 눌렀다. 거기에도 글자는 없었다. 내가 게시판을 알아낸 것처럼 혹여나 누군가가 이곳을 들여다볼 것을 의식

한 듯했다. 대신 그곳엔 변조된 음성으로 남겨진 메시지가 있었다. 재생 버튼을 누르자 이브의 목소리가 흘러나왔다. 누구의 것인지 알아채지 못하도록 음성을 변조했지만 말투와 리듬이 이브의 것이었다. 난 그 목소리에 귀 기울였다.

"어떤 경험이 장기 기억에 저장될 정도로 반복적으로 일어나고 또 중요하다면…… 의식하지 않아도 행동할 수 있는 무의식적 기억이 된다면 기억삭제술을 거친 뒤에도 특정한 활동을 지속할 수 있어. 뇌를 다쳐도 신발 끈을 묶는다거나 자전거를 타는 건 가능한 것처럼."

이브가 잠시 숨을 고르더니 다시 말을 이었다.

"중요한 추억들을 암묵적 기억 속에 넣어둘 방법을 찾으면 돼. 사랑처럼 강한 감정을 동반할수록 그 영역에 더 쉽게 넣을 수 있어. 오래된 기억을 일깨우는 데 가장 효과적인 수단은 감각이야. 특정한 향기가 특정한 추억을 생생히 떠오르게 하는 것처럼 말이야. 얘들아, 이곳에서 싸우려면 꽃을 활용해. 너희가 사랑했던 꽃이라면 그게 무엇이든 활용할 수 있어."

그 아래엔 낙원에서 통용되는 플로리오그라피를

정리한 표가 있었다. 몇 가지를 빼곤 파머가 보내준 자료와 동일했다.

아. 나는 아이들의 게시물을 다시 살펴보았다. 그것들은 꽃으로 그린 일종의 일기였다. 플로리오그라피를 활용해 기록한 망각되지 않을 기억들이었다. 아이들은 암묵적 기억이 될 때까지 일상을 반복하여 이곳에 기록했다. 설령 기억삭제실에서 소거를 당하더라도 꽃의 배열을 보면 사랑하는 이를 떠올릴 수 있도록. 기억삭제실에 다녀온 아이들이 기억을 되찾은 원리를 그제야 이해했다. 전율을 느끼며 몇 편의 플로리오그라피를 더 읽어 내려가던 때였다. 이브가 올린 다른 게시물이 눈에 들어왔다.

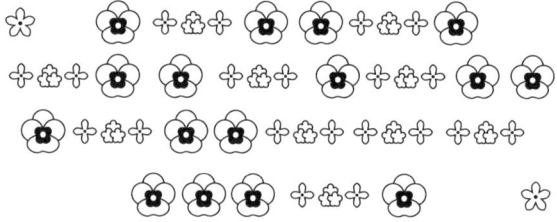

낙원에서 이브가 올린 글은 공지 사항과 이 글, 두 개뿐이었다. 게시물 속 꽃의 나열을 보자마자 숨이 몇

었다. 잘 아는 패턴이었다. 이곳에 입학하기 전에도 수없이 본 패턴이었다.

    어머니가 남긴 코드.

    플로리오그라피였어.

    이브는 이 코드를 잊지 않을 기억으로 남겨두었다. 숨이 가빴다. 드디어 이 학교에서 어머니의 단서를 발견한 순간이었다. 낙원의 이브가 실마리를 갖고 있었다.

8

꿈속에서 어머니의 목소리를 들었다. 우린 함께 세상의 비밀을 푸는 동료였다. 인간은 여러 단계의 생체코드로 이루어졌다. 그러나 코드만으로는 결코 풀리지 않는 영역도 있었다. 어머니는 그 모두를 인정했다. 코드를 다루는 일에 자만한 적이 없었다. 코드를 해독하는 일은 우주를 이해하는 일과 같아서 만약 자신이 모든 걸 알고 통제한다는 착각에 빠지면 오히려 아무것도 보지 못하게 된다고 했었다. 어머니에게 오만함은 인생이라는 우주에서 길을 잃게 만드는 수렁이었다.

"언젠가 네가 누군가를 진심으로 사랑하게 된다면, 네 자신이 얼마나 보잘것없고 작은 존재인지 알게 될 거야. 사랑하는 이의 고통 하나 덜어줄 수 없는 게 인간이야. 네가 아기일 때 고열에 시달린 적이 있었어. 그 작은 몸이 아프다고 엉엉 우는데, 난 그 고통의 반도 가져올 수가 없었지. 그 자리의 한계를 자각하는 게 사랑이야."

"그럼 사랑은 굉장히 쓸쓸하고 초라한 것 아닌가요?"

내 질문에 어머니는 대답하지 않았다. 대신 부드럽게 웃으며 화사하게 핀 라일락 가지 사이를 뒤적였다. 검지 위에 꽃송이를 올려 내 입가로 옮겨주었다. 은은한 향이 느껴졌다. 조금이라도 숨을 세게 내쉬면 날아가버릴 듯 작고 여린 꽃잎이었다. 어머니는 그 위에 슬그머니 입을 맞췄다.

"다만 용감해지렴. 그 가난한 자리에 신의 선택이 깃들 테니까."

어머니가 내 뺨을 쓰다듬었다. 라일락을 볼 때마다 사랑이라는 용기를 낸 어머니는 그랬던 데 대해 정말 단 한 번도 후회한 적이 없는지 궁금했다. 사랑에는 고독이 필연적으로 따르고, 나라는 인간을 탄생시킨 어머니도 분명 그 외로운 자리에 서보았을 텐데……. 어머니는 나와 함께한 봄부터 겨울까지의 계절이 전부 기쁨이라 말했다.

오래된 기억에 눈물을 훔치며 잠에서 깨어났다. 감정을 빠르게 떨치려 욕실로 달려가 얼굴을 씻었다. 아직 새벽 2시였다. 리수의 침대는 여전히 텅 비어 있었다. 오늘도 돌아오지 않을 모양이었다. 어머니의 미소가 사무치게 그리웠다. 이 가혹한 겨울마저도 나와 함께라면 기쁨이라 말해주셨던 어머니가 보고 싶었다. 뒤숭숭한 꿈자리 탓에 잠이 아예 달아났다. 다시 잠을 청하려 노력하는 대신 책상 앞으로 가 노트북을 켰다. 어머니의 코드와 낙원에서 내려받은 이브의 게시물, 플로리오그라피 표를 열었다.

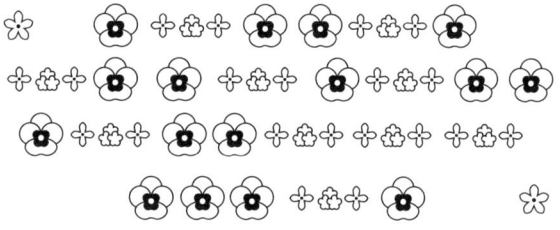

두 패턴은 정확히 같은 배열이었다. 가설이 확신으로 변하며 머리가 빠르게 회전했다. 자, 생각해보자. 어머니의 코드를 이루고 있는 건 흰 안개꽃과 자주색 팬지, 라일락이었다. 그러나 낙원에서 라일락은 주로 문장과 행간을 구분하는 표식처럼 쓰였기 때문에 꽃말 자체가 활용되진 않을 것 같았다. 그렇다면 두 가지 꽃을 중심으로 메시지를 해석하면 됐다. 플로리오그라피 표에서 각각의 꽃말을 검색했다. 같은 꽃이라도 색에 따라 뜻이 달랐다. 그중 자주색 팬지는 '나를 생각해주세요'라는 의미였다. 흰 안개꽃은 '무죄' 또는 '죽음의 슬픔'이었다. 이 문장들을 조합하면 낙원에 입장했을 때처럼 코드를 복구하는 암호를 찾을 수 있을 것이었다.

흰 안개꽃의 꽃말이 두 개라는 게 문제였다. 둘 중 무엇으로 해석하느냐에 따라 메시지가 바뀌었다. '무죄'로 해석한다면 '죄 없는 나를 생각해주세요'가 되고, 후자를 적용한다면 '죽음의 슬픔에 빠진 나를 생각해주세요'가 됐다. 고민에 빠졌다. 과연 어머니는 어떤 의미로 암호를 만들었을까? 잠시 고민하다가 어딘가 우울한 뉘앙스를 풍기는 두 번째 보다 첫 번째를 먼저 시도해보기로 했다.

깨진 코드를 복구하는 프로그램을 연 뒤 암호를 입력했다.

'죄 없는 나를 생각해주세요.'

그러자 놀라운 일이 일어났다. 코드가 복구되면서 한 디렉터리의 주소가 등장했다. 그리고 거기에는 비밀스럽게 숨겨진 파일들이 있었다. 곧장 접속하자 파일명이 꽃 모양인 문서 몇 개가 떴다.

혹자들이 주고받은 서신이었다.

❀

선생님. 이제 제가 누군지 아셨잖아요.

절 싫어하신대도 어쩔 수 없어요. 더 이상 절 돕지 마세요.

그 사람은 저를 계속 감시해요. 선생님이 위험할지도 몰라요.

떠나세요. 제 기억을 완전히 지웠다고 보고한다면 그 사람이 선생님을 보내줄지도 몰라요.

이브

'이브'. 어머니는 이브와 소통하고 있었다. 어떻게? 어머니는 이브가 누군지 알았고 이브는…… 어머니에게 자신을 떠나라고 권유했다. 독재자가 이브를 이곳에 일부러 가두었다는 소문이 맞는 듯했다. 그 일에 어머니가 관여되어 있는 것도 같았다. 둘 사이에 무슨 일이 있었던 거다. 바로 다음 파일은 이브에게

보낸 어머니의 답장이었다.

> ✿
>
> 이브.
> 네가 누구의 딸인지, 어떤 피가 흐르는지는 중요하지 않아.
> 네가 누구인지 정할 수 있는 건 너뿐이야.
> 난 너도 이곳에서 데리고 나갈 거야.
> 라일락코드가 전부 해지되면 함께 밖으로 나가자.
> 널 보면 은수가 생각나. 네가 이 외로운 공간에 홀로 남지 않았으면 좋겠어.
>
> 지금 이브의 재료인 감정과 기억은 과도하게 사용하면 소진돼버려. 네가 전에 너의 얼굴이 분노로 물든다고 했었지. 지금보다 더 새롭고 강력한 감정의 기억이 나타나지 않는 한…… 언젠가 네가 스스로를 갉아 먹게 될 거야. 나는 그걸 염려한단다.
>
> 라일락코드 같은 멀웨어는 정보의 복사본을 묶어둘 뿐, 한번 새겨진 기억을 완전히 지울 순 없어. 알고

리즘을 파악하기만 한다면…… 복호화할 방법을 찾는다면 돌이킬 수 있단다. 오류라도 일으켜 사용을 중지시킴으로써 그 틈을 파고들면 돼.

그날까지 기억을 유지하려면 꼭 나를 찾아오렴.

은주

✿

은수. 선생님 성함에서 가져온 이름이죠.

가끔 제 얼굴도, 이름도 선생님을 닮았으면 좋았을 텐데, 하고 생각해요.

라일락코드가 제 안에 심겨 있는데도 그게 가능할까요? 다른 종류의 사람이 되고 싶어요. 아이들 속에 있는 사랑을 멀웨어로 조각내려는 그 사람이 아니라요. 제 얼굴이 등장할 때만 코드의 힘이 약해져요. 전 오직 그걸 위해 살 수밖에 없다고 생각했어요. 제가 태어난 이유는 그뿐이었으니까요.

있잖아요, 선생님……. 전 가끔 은수를 질투했어요.

그 애는 영원히 선생님과 연결될 테니까요.

모르겠어요. 아주 착한 아이가 되고 싶다가도 이렇게 괴로워져요.

선생님이 "은수가 보고 싶어"라고 중얼거리시는 걸 엿들은 적이 있어요. 전 그때 선생님이 떠나셔야 한다고 생각했어요. 보내드려야 한다고 생각했어요. 무엇이든 선생님이 원하시는 걸 이루도록 돕고 싶지만…….

죄송해요, 선생님. 그래야 한다는 걸 머릿속으로는 알아요. 하지만 언젠가 선생님이 저를 떠난다고 생각하면 가슴이 아파요. 제 말을 이해하세요? 사실 선생님이 알아주셨으면 하다가도 영원히 모르시길 바라게 돼요.

그래도 당분간 선생님의 말을 들을게요. 기억이 전부 소진되지 않도록 도와주세요. 사랑은 단일한 방식으로 존재하는 게 아니잖아요. 사랑은 다양한 방식으로 아끼는 이들을 돌보고, 연결시키고, 새로운 곳으로 나아가도록 만들어요. 그 사람이 사랑을 무너뜨리도록 두지 않을 거예요.

이브

　서신에 담긴 이브의 고백들이 혼란스러울 정도로 마음을 뒤흔들었다. 어머니는 이브의 정체를 알았고, 소통했고, 이브의 활동을 도왔다. 이브는 여신의 얼굴을 만들 수 있었지만 결함이 있었다. 과도한 감정의 사용이 소진을 불렀다. 어머니는 그런 이브와 협력했다. 그러나 이브는 학교에 남겨졌고 어머니는 사라졌다. 왜였을까? 나는 기록에서 반복되는 '라일락코드'라는 단어에 주목했다. 독재자가 만든 잿빛라일락법이나 라일락칩이 떠오르는 말이었지만 어디에서도 들어본 적 없는 코드명이었다. 어쨌든 내가 지금까지 파악한 건 어머니는 아이들의 정보를 반출하는 임무 외에도 이브를 알게 되면서 라일락코드라는 것에도 연관되었다는 사실이었다. 이브의 얼굴을 만들면 가상 필드를 부술 수 있었으니 이브는 활동을 지속했다. 그 작업은 기억과 감정을 소진시켰고, 어머니는 이브가 파괴되지 않도록 코드네이팅으로 그를 도왔다. 둘은 기회를 노려 라일락코드를 해지하려 했지만 어떤 연유로 실패했다. 그러던 중 어머니는 임무를 완수할 타이밍마저 놓치고 말았다. 추측 가능한 정황은 이 정도였다. 진실을 알고 싶었다. 어머니의 실종에 이브가 어떤 관련이 있는지.

나머지 파일들은 몇 달이나 지난 뒤에 작성된 것들이었다. 주기적으로 작성되었던 이전 파일들에 비해 한참 늦은 시기였다. 한 파일을 클릭했다. 그곳에 어머니의 기록은 없었다. 오직 이브가 남긴 고통스러운 독백만이 가득했다.

❃

선생님. 죄송해요.

❃

전 근본부터 저주스러운 존재예요. 돌연변이 괴물이에요. 죄송해요. 죄송해요. 선생님……. 이브가 백색의 텅 빈 얼굴로 구현된 순간, 당신의 말이 기억나지 않았어요. 끔찍했어요. 그건 언제나 독재자가 주장하던 우성 인간의 얼굴이었으니까요……. 그게 제게도 있었다니……. 왜 저에게 돌아오셨어요. 왜 그대로 두지 않으셨어요. 제가 사라졌으니 당신은 은수를 만나러 갈 수 있었잖아요……. 죄송해요. 죄송해요. 죄송해요……. 저를 용서하지 마세요, 라일락코드 따위와 당신을 바꿀 수 없어요……. 선생님이 없으면 전 대체 어떻게 살아가야 하나요.

❀

왜 당신이 떠나야 하는지 모르겠어요.

❀

전 아무 쓸모 없는 존재예요.

❀

벽 뒤에 숨겨진 당신의 말을 찾아냈어요.
기억삭제실에 끌려가기 전에 남겨두신 거죠.
"은수에게 안부 전해줘."
그리고 제게 해주신 모든 말이…….
플로리오그라피로 남겨져 있었어요.
왜 이제야 찾았을까요.

왜 이제서야…….

보고 싶어요, 선생님.

은수를 만나고 싶어 했던 선생님의 바람을 이루게 해드릴게요.

그 아이에게 계절을 돌려주겠어요. 언젠가 당신과 은수가 만날 날까지, 꼭.

그렇게라도 속죄하게 해주세요.

선생님이 제가 죽도록 놔두지 않은 건 그런 이유에서였겠지요.

은수를 만난다면 단숨에 그 애를 알아볼 거예요.

당신이 신의 사랑이라 믿었던 그 얼굴을요.

선생님과의 기억은 누구도 찾을 수 없는 곳에 숨겨두겠어요.

영원히, 매번 생동하는 계절처럼 저를 지탱할 뿌리가 되도록.

선생님이 그리워요.

이브

편지는 이렇게 끝났다. 어지러운 기분에 휩싸여 그것들을 반복해 읽었다. 찾을 수 있는 흔적은 그게 다였다. 공책에 라일락코드를 옮겨 적곤 오래 응시했다. 이브의 이름이 머릿속에서 휘몰아쳐서 머리가 지끈거렸다.

어떤 사고가 있었다. 이브의 얼굴이 텅 빈 백색의 얼굴로 등장한 일이었을 것이다. 독재자가 걸어두었던 가면의 얼굴. 그게 이브에게서 나타나다니. 분명 불길한 징조일 터였다.

그때 어머니가 이브의 곁에 있었다. 죽을 위기에 처했던 이브는 어머니 덕에 살아났고, 대신 어머니가 관련자로 처분을 받거나 끌려갔다. 이브는 그 후에 기억이 지워졌다가 나중에 되찾은 모양이었다. 모든 게 라일락코드에서 비롯된 거대한 음모 때문이었다. 도대체 그게 무엇이기에.

난 다시 파일들이 저장되어 있었던 서버를 조사했다. 디렉터리가 연결된 메인 서버가 있는지도 탐색했다. 그러나 아무리 찾아도 새로운 정보는 없었다. 그때, 익숙한 IP 하나가 눈에 띄었다. 심장이 두방망이질했다. 이상한 직감이 들어 미친 사람처럼 해킹 툴을 설치할 때 적어두었던 메모 파일을 헤집었다. 거기엔 전교의 모든 컴퓨터 네트워크 주소들이 있었다. 숫자들을 눈에 핏줄이 서도록 꼼꼼히 대조한 끝에 완벽히 똑같은 배열의 주소 하나를 찾아냈다.

그 IP는 리수 컴퓨터의 것이었다.

리수는 더 이상 그 컴퓨터를 쓰지 않았다. 수업에도 들어오지 않았고, 해킹 프로그램을 통해 원격으로 로그인 정보를 감시했을 때도 흔적이 없었으니 적어도 내가 입학한 후에는 사용한 적이 없다는 뜻이었다. 이 게시물들은 아주 오래전에 남겨진 것이었다. 우연의 일치겠지만 이브와 어머니가 소통한 컴퓨터가 리수에게 배정되었다. 정말로 이 모든 게 우연일 수 있을까. 오소소 소름이 돋았다. 어떤 운명의 힘이 날 향해 단서를 건네는 것만 같았다. 이브와 어머니, 그리고 리수…….

덜컥. 갑작스러운 현관문 소리에 화들짝 놀라 화면을 껐다. 이 시간에 교관들이 왔나? 황급히 몸을 돌리다 공책을 떨어뜨렸다. 그 바람에 작은 소란이 일었다. 바닥에 떨어진 공책이 미끄러지며 현관 쪽으로 밀려났다. 때마침 하얀 맨발 한 쌍이 방 안으로 걸어 들어왔다. 교관의 것이라기엔 작은 발이었다. 코끝에 은은한 라일락 향이 풍겼다. 리수였다.

얼마 만에 보는 얼굴인지. 나는 잠시 할 말을 잃고 우두망찰했다. 나를 슬쩍 보고 지나치려던 리수가 발끝에 걸린 공책을 발견했다. 아뿔싸, 저걸 먼저 치웠어야 했는데. 얼어붙은 나는 리수가 그걸 집어 들어 안을 들여다보는 걸 막지 못했다. 리수가 글자를 또박또박 발음했다.

"라일락코드."

말이 끝나자마자 리수의 안색이 돌변했다. 들고 있던 공책을 집어던진 리수가 눈을 사납게 치켜뜨고는 갑자기 달려들어 양손으로 내 어깨를 밀쳤다. 난 의자에 앉은 채로 책상에 등을 부딪쳤다. 리수는 거기서 멈추지 않고 목을 조르기 시작했다. 손톱이 살을 날카롭게 파고들자 나도 리수의 손목을 쥐어뜯었다. 그러나 늘어뜨린 머리카락 사이로 묘한 빛을 발산하는 눈동자에는 미동도 없었다. 평소의 장난스러운 빈정거림은 거두고 싸늘한 표정만을 띈 리수가 말했다.

"라일락코드, 어디에서 들었어?"

"왜 이러는 거야? 나도 몰라. 그냥 떠오른 거야. 저리 비켜."

"거짓말 마. 이건 대충 조합해서 만들어낼 수 있는 단어가 아니야. 정체를 밝혀. 역시 그 자식들이 보낸 거야?"

목이 아프고 머리가 울렸다. 라일락코드. 어머니와 이브가 주고받았던 단어. 리수의 컴퓨터에서 발견된 편지들. 갑작스러운 리수의 반응. 리수가 손아귀에 더욱 힘을 주었다. 난 필사적으로 몸을 뒤틀었다. 리수를 밀치다가 결국 팔꿈치를 세게 부딪치고 나서야 풀려날 수 있었다. 도대체 이 애가 왜 이토록 화를 내는지 알 수 없었다. 한꺼번에 기침이 터졌다. 리수의 오해를 풀고 싶었지만 어디서부터 설명해야 할지 몰랐다. 해명을 하려면 진실을 어느 정도 공유해야 하는데 이 방에 도청 장치가 있을까 봐 걱정이 됐다. 난 어색하게 웅얼거렸다.

"……소중한 사람이 그걸 남겼어."

"……말도 안 돼."

"진짜야. 이 이상은 말해줄 수 없어. 그러는 넌 정말 왜 이러는 거야?"

리수의 얼굴은 창백했다. 악귀를 내뿜는 것 같던 분노의 자리가 혼란스러움으로 대체되는 게 실시간으로 느껴졌다. 리수는 안절부절못하며 손톱을 물어뜯었다. 난 벌게지는 얼굴을 느끼며 생각을 정리했다. 그러나 감정이 덮여가는 얼굴은 방금의 난동에도 불구하고 태연스러웠다. 밋밋한 얼굴을 다행으로 여겨야 할까, 아니면 괜히 의심만 더 사려나. 리수는 심각한 낯빛으로 무언가를 연신 중얼거리기 시작했다. 그러더니 머리를 감싸고 괴로워했다. 나는 아까처럼 해코지를 당할지도 몰라 긴장하며 리수의 행동 변화를 지켜봤다. 리수는 곧 어깨를 축 늘어뜨렸다. 곧이어 독기 빠진 강아지처럼 처량한 표정을 지었다. 리수가 손을 뻗어 나를 살짝 건드렸다. 아직 손자국이 남은 목덜미가 욱신거렸지만 난 리수의 접촉을 피하지 않았다. 리수는 자기가 낸 자국을 응시하다가 입을 열었다.

"혹시 그 사람 이름이 은주야?"

"……."

"……맞구나. 그래. 네 이름…… 기억나. 얼굴에서 감정을 많이 지워놔서 이제껏 못 알아봤지만. 그래…… 분명히…… 닮았네. 눈가라든가 귓불의 형태……. 네 입술에서 나오는 말들이 싫었던 이유를 드디어 알겠어."

리수의 입에서 나온 어머니의 이름에 심장이 쿵 떨어졌다. 육성으로 오랜만에 듣는 이름이었다. 난 바닥에 떨어진 공책을 재빠르게 주워 빈 페이지를 펼치곤 리수에게 수신호를 했다. 펜을 들고 입과 손을 따로 움직였다.

"네가 무슨 소릴 하는지 모르겠어."

은주는 내 어머니의 이름이야.

리수는 내가 하고자 하는 바를 바로 알아차렸다. 그 애는 고개를 끄덕이며 자신도 펜을 들었다. 그리고 문장들을 적어 내려갔다.

라일락코드는 선생님과 내가 조사하던 코드야. 난…… 그분에게 깊은 은혜를 입었어. 이곳에서 유일하게 날 지켜주셨거든.

이제 우린 서로를 마주 보았다. 알 수 없는 감정들이 눈동자를 통해 서로에게 흘러들었다. 어머니를 아는 사람을 찾았다. 바로 눈앞에 있다. 리수는 아군일까? 의문을 지울 수 없었지만 리수에게서 전해지는 감정의 파동은 진실했다. 나는 연기를 계속했다.

"이번에 국가에 도움이 되는 코드를
개발하라는 과제가 있었잖아. 라일락법에
걸맞는 코드를 개발한다면…… 이런
이름이 좋을 것 같다고 생각해본 것뿐이야.
넌 수업에 들어오지 않으니 몰랐겠지만.
함부로 표절할 생각은 마."

어머니가 어디 계시는지 알아?

난 어머니의 임무를 이으러 왔어.

어머니가 무사하신지 알고 싶어.

"그딴 수업 따위 관심 없어. 재수
없는 법의 이름을 따다니, 넌 정말 지독한
범생이구나."

그 사람이 데려갔어. 불완전한 라일락코드를
들여다볼 수 있는 전문가는
몇 안 되니까. 협박하다가 정 안 되면
기억을 추출해서라도 코드네이팅 기술을
빼내려 할 거야. 아직은 무사하셔.

생체 반응이 감지되거든.

그 사람. 분명 독재자를 가리키는 말이었다. 리수

가 문장을 적는 속도가 빨라졌다. 나 역시 어머니가 살아 계신다는 희망, 그리고 연결고리를 찾았다는 환희와 충격이 뒤섞이며 손이 떨렸다. 그걸 본 리수가 아까와는 정반대의 부드러운 움직임으로 내 손등을 덮었다. 그 애의 살결이 닿자 떨리던 마음이 천천히 진정되었다. 아까보다 더 진한 라일락 향이 느껴졌다. 난 정신을 차리고 연기를 지속했다.

"너야말로 언제까지 문제를 일으킬래? 지겹지도 않아? 너 때문에 우성인 애들이 얼마나 피해를 보고 있는데. 사랑을 잊어야 졸업할 수 있다는데 평생 학교를 떠돌 셈이야?"

넌 어머니와 무슨 관계야? 어머니에 대해 알고 있는 것을 전부 말해줘.

여기서 무엇을 하셨는지까지, 전부.

"우성인 애들? 착각하지 마. 교관들에게 잘 보여봤자 시체로서 졸업밖에 더 하겠니? 그럴 바엔 평생 여기에 남겠어."

임무를 수행하는 중이셨어.

그러다 날 만났고. 내가 하는 일을 알게 되셨어. 그건 대가가 따르는, 위험부담이 큰 일이었거든. 하지만 할 수밖에 없는 일이기도 했어. 선생님은 그런 날 보호하시려다가 내 실수 때문에 시일을 놓쳤어. 다 나 때문이야.

머릿속에 한 가지 가설이 스쳤다. 어머니의 서신들과 코드의 존재, 이 학교와의 연관성을 알 것 같았다. 주위를 둘러보았다. 누구도 우릴 지켜보지 않았지만 연기는 계속해야 했다. 리수가 곧바로 내 연기에 호응한 이유도 어딘가에 도청 장치나 감시망이 있기 때문이리라. 겉으로는 누구보다 상대를 싫어하는 표정과 목소리를 연출했지만 손으로는 진심을 써 내려갔다. 리수에게 질문했다.

혹시 네가 이브야?

리수가 내 눈을 바라보았다. 내가 정말로 은주의 딸 은수인지 확신하려는 눈빛이었다. 나도 그 애의 눈을 처음으로 오래 응시했다. 입학 첫날 뇌리에 깊이 박혔던 밝고 선명한 눈동자였다. 삽시간에 주변이 고요해졌다. 우린 깊은 침묵에 감싸였다. 창을 스치는 바람과 눈발의 소리만이 들렸고 어쩐지 이 공기의 흐름이 아름답게 느껴졌다. 문득 리수가 창밖으로 시선을 돌렸고 나도 그 애를 따라 같은 곳을 바라봤다. 새하얀 눈발이 꽃가루처럼 보이던 순간, 시선을 거둔 리수가 펜을 움직였다.

맞아.

심장이 박동했다. 이브. 모든 저항의 시작인 소녀가 눈앞에 있었다. 꽃의 얼굴을 만들어 계절을 되돌리는 여자아이, 경계를 무너뜨리고 아름다운 신의 얼굴로 틈을 만드는 저항가. 정체를 드러낸 리수가 찬찬히 고개를 들었다. 그러곤 부드럽게 웃었다. 봄볕 같은 미소였다. 황량한 겨울을 끝내러 온 봄의 악몽, 금지된 향기가 나는 불온한 소녀. 계절이 다시 움직이는 기분이었다.

네가 선생님의 은수구나.

리수는 소리 내지 않고 입 모양으로 말했다.

널 기다렸어.

리수와 난 한동안 그렇게 서로를 바라보았다. 어느새 시간은 아침을 향하고 있었다. 달빛을 밀어낸 하늘이 청색으로 물들었다. 그 어떤 말도 발설하지 않앉지만 우린 충분히 이해했다. 고요히 세상의 모든 것과 연결되는 식물들처럼. 심장이 리수를 향해 소리를 냈다. 내게 고요히 눈짓한 리수가 공책에 약속을 적어 돌려주었다.

> 내일 6시 30분. 저녁 배식이 끝나지 않았을 때. 그날 마주쳤던 컴퓨터실로 와.
> 모든 걸 알려줄게.

난 필담을 나눈 페이지를 찢어 소매 속에 숨겼다. 우린 서로에게 토라진 척 등을 돌리고 각자의 자리로 가 누웠다. 하지만 심장박동은 가라앉을 줄을 몰랐다. 이제 우리는 더 이상 서로의 앞에서 시체처럼 굴 필요가 없었다. 바야흐로 진짜 계절의 시작이었다.

9

눈보라가 짙었다. 저녁밥은 식당에서 일괄적으로 배식했다. 나는 배식 줄 사이에 껴 있다가 슬그머니 빠져나왔다. 때는 저녁 6시 30분, 리수와 약속한 시간이었다. 식당 건물은 학교와 떨어진 별관이라 이 시간엔 교실들이 텅 비었다. 난 리수의 컴퓨터가 있는 곳으로 발을 옮겼다.

계단을 다 오르자 복도 구석에 서 있던 리수가 보였다. 리수가 이쪽으로 다가오더니 내 손을 쥐고는 그대로 컴퓨터실로 이끌었다.

"틈을 만드는 방법을 보여줄게."

리수가 여전히 라일락 향을 풍기며 말했다. 목소리가 사뭇 진지했다.

"넌 정말 선생님을 닮았어. 네 눈동자, 가까이에서 봐도 돼?"

난 고개를 끄덕였다. 리수가 가까이 다가왔다. 연

보랏빛이 시야를 메웠다. 아, 이 애의 눈동자가 이토록 투명했었나. 리수는 내가 은주의 딸이라는 이유 하나만으로 나를 신뢰하고 자기 정체를 가감 없이 드러내려 했다. 어머니와 리수, 둘의 유대감이 어느 정도인지 감히 추측하기 어려웠다. 내가 동경하고 아끼던 이브가 바로 리수였다니. 실제 이브는 내 상상과 달리 심술궂고 자그마한 여자애였다. 동시에 내가 알던 대로 강한 내면과 기개를 가진 아이였다. 시야에 온통 리수가 들어찼다. 리수는 이제 내 속에서 다른 빛깔로 싹텄다. 새봄에 발견한 하얗디하얀 첫 꽃봉오리의 색으로 탈바꿈했다. 리수가 기도하듯 양손을 맞댔다. 이어 품속에서 작은 기계 하나를 꺼내 귓등에 걸쳤다. 그게 무엇인지는 금방 알아볼 수 있었다. 가상 필드를 구현하는 장치였다. 내 귓가에도 있는 바로 그 장치. 기계를 조작한 리수가 눈을 감았다. 눈꺼풀 안쪽에서 그 애의 눈동자가 빠르게 움직였다. 무의식 속에 있는 기억이 소환될 때 발생하는 안구 운동이었다. 이내 변화가 시작되었다.

리수의 얼굴 반쪽이…… 서서히 깨어졌다. 이 광경을 어떻게 설명해야 할까. 리수는 말 그대로 깨어지는 것처럼 보였다. 곧이어 깨진 틈새에서 어둡고 거친 나무껍질들이 돋아나 싱그러운 잎을 가득 피웠다. 변화는 리수의 머리카락으로도 번져, 연보랏빛 곱슬머리의 절반 이상이 나무의 뒤엉킨 잔뿌리로 바뀌었다. 동시에 리수 뒤쪽에 있던 창문이 번쩍였다. 어지럽게 점멸하던 풍경은 일순간 환한 햇살을 내뿜으며 여신의 얼굴을 이루고는 가상 필드를 조각냈다. 틈 너머로 황홀한 무지갯빛 노을과 녹음으로 가득 찬 땅이 등장했다. 전율이 흘렀다. 이게 세상의 억압을 흔드는 틈이구나. 우릴 존재하지 않는 것으로 만드는 가상 필드를 부수는 균열이구나. 리수가 눈을 떴다. 반은 식물이고 반은 인간인 리수가 자신의 얼굴을 매만졌다.

"이게 내 본모습이야."

"방금 가상 필드에 금이 갔어."

"그래. 난 강력한 정서적 기억을 활용해 이브의 얼굴을 만들어. 그동안 네가 봤던 연보라색 머리와 얼굴은 생체코드로 조작해 덮은 껍질일 뿐이지. '기준에 맞는' 사람처럼 꾸며진 모습 말이야. 하지만 강한 정서가 깃든 기억을 재료로 본모습을 드러내면, 이브의 얼굴을 구현하면, 라일락칩에 기반한 필드 정보가 깨져. 그 취약점을 이용해 틈을 만드는 거야."

리수는 숨을 몰아쉬며 머리를 짚고 다시 정신을 집중해 얼굴을 되돌렸다. 외모가 원래 알던 매끄럽고 예쁘장한 모습으로 되돌아오자 틈도 닫혔다. 바깥세상의 계절을 드러냈던 좌표는 다시금 겨울 풍경으로 전락했다. 리수는 빠르게 기계를 숨겼다.

"다만 이 방법엔 치명적인 단점이 있어. 강한 감정은 정신을 소모시켜. 자주 사용하면 언젠가 의식이 완전히 망가지지. 그래서 고작 몇 초 정도밖에 사용하지 못해."

잠깐의 틈을 만드는 데에도 체력 소모가 상당한지 말을 잇는 리수의 호흡이 가빴다. 난 어지러워 보이는 리수를 부축했다. 이브가 자주 등장할 수 없던 배경에는 이런 이유가 있었다. 감정과 정신을 제물로 삼는 기술이라……. 그렇다면 리수는 지금까지 몇 번이나 이브의 얼굴을 만든 걸까? 의문하는 사이 리수가 말을 이었다.

"……이 학교에서 계속 이브를 만든 탓에 정신과 체력이 많이 약해졌어. 스스로에게 지극한 살의를 느낄 정도로 정신이 무너졌지. 아까 내 본모습을 봤지?

식물이 뒤섞인 돌연변이 모습 말이야. 그 얼굴을 끔찍이 싫어한 사람이 있었어. 그 사람이 내 생체코드를 조작해 가짜 얼굴을 씌운 거야. 깎아 만든 인형처럼……. 한때 난 이 모습을 없애버리고 싶었어. 하지만 네 어머니, 은주 선생님이 알려주셨어. 날 열성이라 말하며 줄곧 혐오스럽다고, 증오스럽다고, 징그럽다고 말한 바로 그 사람 안에 더 큰 공포와 열등감이 자리하고 있다고. 내 재능과 존재 양식이 빛을 발하니 감히 나를 똑바로 쳐다보지 못하고 대신 두려워하는 거라고. 그러니 어떤 형태이든 나 자신을 미워하지 말라고."

"……어머니라면 이브도, 네 본모습까지도 신의 선택이라 불렀을 거야."

"맞아. 정말로 그러셨어. 선생님은 날 있는 그대로 봐준 유일한 사람이야. 선생님을 만나기 전엔 이 얼굴과 관련된 모든 걸 부수고 사라지고 싶었어. 지금은 그러고 싶지 않아."

난 잠자코 리수와 어깨를 맞댄 채 이야기를 들었다. 리수의 이야기 속엔 어머니의 행적과 소망이 담겨 있었다. 난 그걸 물려받아 이곳에 왔다. 리수를 있는 그대로 봐준 유일한 사람, 순간 난 그 시선을 닮고 싶다는 생각이 들었다. 리수가 사랑하는 시선을 가진 또 다른 사람이 되어주고 싶었다. 리수는 날 흘끗 쳐다보고는 고개를 숙였다.

"⋯⋯정신이 꽤 망가진 상태로 네 어머니를 만났어. 처음엔 기억삭제실에서였지. 그분은 내 기억을 지우지 않았어. 대신 플로리오그라피를 알려주셨어. 꽃으로 기억을 유지하는 방법과 정신을 망가뜨리지 않고 이브를 만드는 법을 가르쳐주셨지. 그제야 파괴적인 감정에 휘둘리게 된다면 나도 그 사람과 다를 바 없어진다는 걸 깨달았어."

"⋯⋯어머니는 네게도 강한 분이셨구나. 그분이 남긴 코드의 비밀을 풀어야 해. 라일락코드란 건 뭐야? 솔직하게 말해줘."

"그건⋯⋯ 일종의 멀웨어야. 라일락칩을 오염시키는 툴. 그 코드가 설치되면 타인의 기억을 와해하거나 지울 수 있어. 그 자리에 조작된 기억을 심을 수도 있고. 지금의 기억삭제술보다 더 위험한 거야. 주체가 동의하든 아니든 상관없어. 어쩌면 식물인간처럼 만들어버리는 일도 가능해. 내 것이 아닌 기억을 내 것으로 믿고 살아가야 하니까."

"그런 걸 사람들에게 심으려 한다는 거야? 그 사람, 그러니까 독재자가 말야."

"맞아. 그리고 라일락칩은 이미 전 국민에게 설치되어 있지. 그 사람은 그걸 이용할 거야."

섬찟한 기분이었다. 칩 하나로 사람들의 정신을 제멋대로 휘두르고 파괴할 수 있다니. 나아가 모든 기억과 정보를 조작해 다른 존재로 살아가도록 할 수 있다니. 독재자의 끔찍한 야욕을 떠올리자 절망적인 감정이 들었다. 리수는 작게 한숨을 쉬었다. 혹여나 누가 왔는지 주변을 살핀 리수가 말을 이었다.

"……한 가지 희망은 라일락코드가 아직 불완전하다는 거야. 그래서 네 어머니를 데려갔겠지. 라일락코드의 취약점을 아는 분이었으니까. 어떻게든 그걸 개선하는 데 동원하고 싶었을 거야. 처음 그 사람은 선생님에게 내 정체를 숨겼어. 그분의 손으로 직접 내 기억을 삭제하고 통제하도록 하기 위해서였지. 그러나 선생님은 그 사람의 명령에 순순히 따르지 않았어. 내 기억을 지우긴커녕 내가 감정과 기억의 소모 없이도 이브의 얼굴을 구현하도록 코드를 짜주셨지. 내가 이브의 얼굴을 만들면 가상 필드와 코드 정보값에 영향이 간다고 했지? 선생님은 라일락코드를 해지하는 중요한 키가 내 생체코드 안에 숨겨져 있다고 하셨어. 그것 때문에 독재자가 날 감시하려 이곳에 가뒀고. 선생님은 그 해지 키를 찾아서 라일락코드를 제거하려 했어."

"너무 무리였던 것 아닐까. 다른 임무도 있는데 해지 키까지 추적해야 했다니. 하지만 분명 이유가 있었겠지."

"……맞아. 선생님은 양쪽 모두 포기할 수 없는 이유가 있다고 했어. 그게 자신의 용기라고 하셨는데……."

고개 숙인 리수가 울먹였다. 그 애의 손끝이 떨리기 시작해 내가 리수의 손을 잡았다. 리수는 고개를 떨군 채로 말을 이었다.

"……내 탓이야. 너에게 다 알려줘야 하는데……. 입이 쉽게 떨어지질 않아."

"……힘들면 지금 말하지 않아도 돼."

"……사고가 있었어."

리수가 다시 얼굴을 들어 나를 응시했다. 예전의 표독스럽던 인상은 온데간데없이 애절한 빛만이 가득한 얼굴이었다. 그 애는 날 샅샅이 기억하려는 듯 오랫동안 바라보다가 입을 뗐다.

"당시 선생님은 이미 라일락코드를 해지하는 방법을 알아내셨지만 무슨 연유에서인지 시간이 더 필요하다고 하셨지. 분명 방법을 남겨두셨을 텐데…… 어디에도 기록이 없어. 혼자 남겨진 후론 내내 선생님의 자취를 찾아다녔지만 발견하지 못했어. 아마 독재자는 선생님이 비밀을 알아냈다는 사실을 파악했을 거야. 그래서 이 학교에서 데려왔겠고."

"……어쨌든 아직 완벽한 라일락코드는 없는 거지? 그렇다면 그 전까진 어머니를 살려둘 가능성이 있어. 하루빨리 코드를 무력화할 방법부터 찾아야 해."

"맞아. 하지만 선생님 없이 혼자서 어떻게 해야 할지 모르겠어. 그나마 생각해낸 방법이란 것도 이런 것뿐이었고."

리수는 주머니에서 입학식 때 휘둘렀던 작은 송곳을 꺼냈다. 보기만 해도 섬뜩해지는 물건이었다. 이걸로 난동을 부렸던 리수의 모습이 생생했다. 그때만 해도 리수는 어딘가 고장 난 아이처럼 보였는데. 그날과는 전혀 다른 사람이 된 리수가 설명했다.

"외적인 폭력도 가해봤어. 강한 충격을 받으면 생체코드가 변하기도 하잖아. 스스로 얼굴을 망가뜨린 다음에 교관들이 기억삭제실에서 되돌린 코드의 흔적을 조사하면 적어도 내게 숨겨져 있다는 해지 키의 단서를 찾을 수 있지 않을까 싶었어. 아니면 틈이라도 계속 만들 수 있을 테니 도박을 해본 거야."

리수가 홀로 분투했던 시간을 상상하자 마음이 시렸다. 어머니가 떠난 후, 홀로 겨울의 학교를 버틴 리수는 어떤 마음으로 시간을 보냈을까. 어머니는 우리의 임무만큼 라일락코드를 위험하게 여겼을 터였다. 그 정도 중요도가 아니라면 어머니가 코드를 해지하려다 시일을 놓치는 실수는 범하지 않았을 거다. 그렇다면 내가 이을 어머니의 임무가 하나 더 생긴 셈이었다. 라일락코드 해지. 어머니가 못다 한 일을 내가 마무리 짓고 싶었다.

리수가 시간을 확인하곤 다급히 일어서며 내 등을 밀었다.

"이제 가야 할 시간이야. 네가 자리에 없으면 이상하게 여길 테니 어서 가. 혹시 꼬투리를 잡힌다면 날 발견해 추적하느라 늦었다고 둘러대. 어차피 아까 틈을 만들 때 이상 신호가 잡혔을 거야. 리수가 수상한 행적을 보여 감시했다고 하면 더 의심하진 않겠지. 차라리 그걸로 점수를 얻어."

"아직 묻고 싶은 게 많아. 너에 관해서도, 어머니에 관해서도."

"……우리가 앞으로 어떻게 소통할지는 나중에 알려줄게. 너라면 플로리오그라피 같은 것들을 잘 활용할 수 있을 거야. 이제 진짜로 가. 빨리."

발이 쉽사리 떨어지지 않았지만 리수의 말이 맞았다. 저녁 식사 후엔 교관들의 점호가 있어서 종이 치기 전까지는 기숙사에 돌아가야 했다. 리수와 함께 있는 걸 들키면 더욱 위험했다. 옷매무새를 정리한 뒤 무거운 걸음을 옮겨 문간으로 다가가는데 뒤에서 리수가 한마디를 덧붙였다.

"……나도 널 만나고 싶었어. 정말로……."

그 말을 듣자 이상한 기분이 밀려왔다. 널 만나고 싶었어. 어쩌면 그건 이브를 사랑하던 시절 내 안을 가득 채웠던 소망이었다. 나 또한 이브를 만나고 싶었다. 그러나 리수가 원한 건 어머니의 딸 은수였고 내가 꿈꾸던 사람은 리수가 아닌 이브였다. 하지만 우린 이 학교에서 은수와 리수로 만났다. 모범생의 가면을 쓴 은수와 고통을 안고 싸워온 리수로. 어머니라면 어떻게 대답하셨을까. 이런 생각을 떠올렸다가 털어버렸다. 지금만은 어떤 말도 어머니처럼 답해서는 안 됐다. 불현듯 학교가 낯설었다. 그동안 계속 어머니의 뒤를 쫓았으나 지금만큼은 은수라는 이름을 가진 나 자신으로 있어야 했다. 지금 내 진심은 어떻지? 이런 생각이 스쳤고 나는 그저 홀로 막막한 시간에 내던져졌던 리수를 고독하게 두고 싶지 않았다. 어머니가 사라진 후로 나도 긴 겨울 속에서 지독하게 외로웠으니까.

난 발을 돌려 리수에게 다가가 그 애의 볼에 짧게 입을 맞췄다. 이 학교에서 나만큼은 믿어도 된다는 증표였다. 입맞춤은 이곳에서 가장 철저하게 금지하는 행위였으니까. 리수는 아랫입술을 살짝 떨었지만 피하지는 않았고, 방금까지 나무줄기가 얽혔던 얼굴에선 여전히 라일락 향이 감돌았다. 날 잠시 바라보던 리수가 눈썹을 내려뜨리고 웃었다. 틈으로 엿보았던 계절만큼 아름답고 쓸쓸한 미소였다. 리수는 주머니를 뒤적이더니 작은 꽃을 몇 개 꺼내 건네주었다. 동공보다도 작은 꽃이었다.

"라일락은 원래 잎이 네 장인데 가끔 다섯 장인 돌연변이 꽃을 피워. 그 꽃을 발견해 삼키면 첫사랑을 이룬대. 선생님이 알려준 이야기야. 이질적인 존재로 태어난 사람들만이 불가능한 마법을 이룬다면서. 그게 바로 신의 선택이라면서. 그날부터 여러 번 다섯 잎 꽃을 삼켰어. 교관들이 아무리 기억을 지워도 이 기억만은 못 지웠어……. 혹시 내가 기억을 잃는 날이 오면 다섯 장의 라일락 꽃을 들고 와줘. 그럼 다시 너와 선생님을 기억해낼 거야."

이 마법은 효력이 있을까. 우린 헤어졌다. 돌아가는 길에 기숙사 앞에서 교관을 마주쳤다. 나는 뒤뜰에서 리수를 보았다고 거짓말을 했고 교관은 내게 상점을 주고 떠났다. 그날 리수는 교관들에게 잡히지 않았겠지만 기숙사에 돌아오지도 않았다. 난 리수와 다시 만날 날을 계속 기다렸다.

○

낙원은 더 많은 꽃으로 뒤덮였다.

아이들은 매일 아침 교관들에게 보여줘야 하는 일

기장보다 낙원에 더 많은 기억을 기록했다. 나도 마찬가지였다. 만일에라도 이번에 알게 된 어머니와 리수의 진실을 잊는다면 큰일이었다. 그래서 플로리오그라피로 기록을 남기기 시작했다. 내 닉네임은 '❀'. 라일락을 본뜬 이모티콘이었다. 소리 내어 부를 수 있는 이름이 아니라 더 좋았다.

이상했다. 꽃의 기록을 남기면 남길수록 마음이 생생해졌다. 활자나 숫자, 코드로 된 언어가 아닌데도 마음은 작용했다. 얼굴은 반 이상이 마비된 상태였지만 내면의 감정은 그와 무관하게 더 요동쳤다. 이브를 생각하면 속에서 많은 것이 일었다. 난 이브를 달변가에 몸집이 단단한 투사로 생각했었다. 리수는 그와는 전혀 다른 존재였다. 이상한 건 기대가 산산이 부서진 자리에서, 이브가 아닌 리수를 만난 자리에서, 동경 이상의 끌림이 자라났다는 사실이었다. 눈을 감으면 피부를 뚫고 나와 얼굴을 뒤덮던 리수의 식물 줄기가 떠올랐다. 나무껍질로 덮인 얼굴에서 밝게 빛나던 연보라색 눈. 그건 이 지구의 틀로는 판단할 수 없는 모습이었다. 먼 우주로 나가야 식물과 사람이 뒤섞인, 동물도 식물도 아닌 그 모습을 설명할 수 있게 될까. 그 애 얼굴에 입 맞췄을 땐 사각거리는 잎사귀들이 귓불을 스쳤다. 그날 나는 리수를 아름답다고 생각했고 그러자마자 가슴 속엔 환한 기쁨이 차올랐다.

생체코드로 미소와 관련된 세포와 신경을 지운 아이들은 가면처럼 굳은 얼굴로 다녔다. 나도 마찬가지였다. 미소가 지워진 얼굴로 살다 보니 어느새 무기력증이 찾아왔다. 이게 독재자의 전략이었다. 몸을 억압하면 내면의 에너지가 얼어붙기 마련이었으니. 하지만 우리에겐 이브가 있었다. 이브는 주기적으로 틈을 만들어 계절을 일깨웠고, 틈을 마주한 아이들은 일순 미소를 되찾았다. 이런 날엔 낙원에 셀 수 없이 많은 기록이 올라왔다. 아이들은 틈을 만난 후의 감정과 기억을 잊지 않으려 플로리오그라피를 사용했다.

학기는 한중간으로 접어들었다. 낙원의 운영자인 가든이 새 공지 사항을 올렸다.

다음 이브의 시간. 봄을 되찾기 위한 행진. 1학년 3반 앞에서 집결. 우리 스스로가 또 다른 이브가 되자.

교내에는 플로리오그라피를 공부하고 활용하는 모임이 늘었다. 공지 사항은 그 결과물이 전면으로 드러날 것이라는 예고였다. 밤이 되면 아이들은 몰래 숨어 얼굴에 새길 메시지를 공유했다. 꽃을 만드는 방법은 정말로 다양했다. 천을 말거나 종이를 오려서, 생체코드로 무늬를 새겨서, 가상 필드의 눈과 얼음을 조각해서, 물감으로 그려서, 시를 써서……. 어느새 여자아이들은 예술가인 동시에 운동가가 되었다. 끝없이 꽃 만드는 방법을 찾는 아이들은 더 이상 공허하지 않았다. 부디 첫 번째 행진이 무사하길 빌면서 나는 파머에게 연락을 취했다.

―상황은 어때요?

―바깥에서도 전국적인 퇴진 시위가 시작됐어.

―이 소식을 아이들에게 공유해도 될까요?

―그래. 개인 정보가 노출되는 건 아니니까. 처음에 독재자가 시위대 몇 명을 체포해서 생체코드로 새끼손가락을 없앴어. 그게 공분을 일으키는 바람에 더 많은 인파가 몰렸지. 너무 잔인한 이야기는 빼고 전해. 너도 조심하고.

―걱정 마세요. 절 도와주는 사람도 있어요.

바깥에서도 꽃의 얼굴을 만드는 사람들이 삶을, 사랑을 외치고 있었다. 이 소식이 아이들에게 전해진다면 분명 힘이 되리라. 그렇게 생각하며 어떤 플로리오그라피를 사용해야 할지 머리를 굴렸다. 그때 파머로부터 우려 섞인 메시지가 하나 더 왔다.

─리수라는 아이, 정말 믿을 수 있는 거 맞니?

─네. 그 아이가 이브예요. 직접 확인했어요.

─물론 독재자가 이브를 싫어한다는 건 잘 알지만 학교를 세우면서까지 경계하는 대상이 겨우 여자아이 하나라는 게 너무 이상해. 조심하렴. 리수가 독재자와 어떤 연결고리를 가졌을지 몰라. 어쩌면 그가 이브, 즉 리수를 이용해 더 큰 음모를 꾸미려는 걸 수도 있어.

파머의 걱정에도 일리는 있었다. 하지만 나는 어머니가 아꼈던 리수를 믿었다. 적어도 그 애가 내 비밀을 폭로하진 않을 터였다. 난 파머에게 답장했다.

─걱정 마세요. 오히려 그런 상황이 되면 제가 리수를 지킬 거예요. 그 어떤 일이 일어날지라도.

─넌 너고 은주는 은주야. 소중한 사람을 잃고 너까지 거기로 보낸 것도 속상한데. 은주의 전철을 밟아선 안 돼.

나의 치기 어린 대답에 파머가 주의를 당부했다. 나를 염려하는 파머의 마음도 이해할 수 있었다. 나는 리수에게 사랑받았던 어머니를 따르고 싶은 걸까. 정녕 어머니를 등에 업고…… 리수의 시선을 얻고 싶은 걸까. 이런 생각이 들자 귀가 화끈거렸다. 파머의 말이 뇌리에 깊게 박혔다. 나는 어머니의 뒤를 이으러 왔지만 어머니와 다른 방식으로 문제를 해결해야 했다. 그게 어떤 방식인지는 아직 몰랐다. 어쨌든 나와 리수는 어머니가 접근했던 라일락코드의 해지 키를 조사하는 중이었다. 그걸 해결할 수만 있다면 판도가 크게 바뀔 것이었다.

—충분히 용기 낸 삶에 후회는 없잖아요.

—은주랑 똑같은 말을 하네.

반은 기쁘고 반은 슬픈 답장이었다. 다음 접선일을 정한 후 파머와의 연락을 마무리했다.

○

5시 30분. 리수를 마중하러 갈 시간이었다.

누구의 눈에도 띄지 않게 조용히 자리를 정리하고 일어섰다. 다른 아이들이 저녁을 먹으러 가는 동안 방향을 틀어 기억삭제실로 향했다. 기억삭제실은 별

관 꼭대기 층의 복도 끝에 있었다. 외관은 흔히 보이는 창고처럼 평범했으며 잿빛 문에는 아무런 표식도 달려 있지 않았다. 그러나 안쪽에는 기억삭제를 위한 온갖 소름 끼치는 장비가 가득했다. 대상자의 신체에 전극을 부착하고 산소 호스가 연결된 유리관에 누우면 코드네이터가 프로그램을 작동시켰다. 기억 중추와 관련된 코드들을 손보면 몇 시간 후엔 해당 영역이 텅 비어버렸다. 보통은 그렇게 뇌의 영역만을 관리했지만, 리수만은 예외적으로 몸에 난 상처까지 지웠다. 그래서 리수는 남들보다 몇 배나 더 긴 시간을 그곳에서 머물러야 했다. 팔짱을 낀 채 벽에 기대어 리수를 기다렸다. 벽 너머로 겨울바람이 윙 하고 부는 소리가 들렸다. 그림자 속에 몸을 숨기고 하얗게 쏟아지는 눈송이를 셌다. 100송이를 넘게 세어도 리수는 나오지 않았다. 라일락을 닮은 소녀를 만나려면 감내해야 하는 시간이 흐르고 있었다.

드디어 문 열리는 소리가 울렸다. 곧이어 어둠 속에서도 환히 빛날 연보라색 머리카락이 등장했다.

"오래 걸렸네."

짤막하게 말을 걸자 리수가 멍한 눈으로 나를 봤

다. 기억삭제를 마친 직후의 아이들은 영혼이 빠져나간 것처럼 보였다. 텅 빈 동공을 들여다보고 있으면 소름이 끼칠 정도였다. 기억은 정체성의 일부다. 그걸 통째로 들어낸 아이들에게서 생기가 느껴질 순 없었다. 난 빨리 리수의 기억을 되살리고 싶었다. 공허한 눈빛이 내 얼굴을 더듬었다. 난 품속에 숨겨두었던 작은 봉투를 꺼냈다. 그 안에서 손톱만 한 꽃 하나를 꺼내 손바닥에 올렸다. 다섯 잎 라일락이었다. 꽃을 리수에게 내밀자 리수의 눈에 서서히 빛이 서렸다. 그걸 확인하며 나는 그것을 도로 내 입속에 넣었다. 씁쓸한 맛이 올라왔다. 영원을 바라는 첫사랑의 맛이었다. 그걸 바라보던 리수가…… 기억을 되찾는 듯했다. 이제 그 애의 눈동자에 새벽이슬의 빛을 머금은 또렷함이 감돌았다. 리수가 물었다.

"이번엔 얼마나 걸렸어?"

"세 시간 반."

"30분이나 늘었네. 망할 교관들."

우린 식당을 지나 기숙사로 향했다. 걸어가면서 내가 챙겨온 마른 빵으로 저녁을 대신했다. 우리가 마음 놓고 이야기할 수 있는 공간은 기숙사, 그 안에서도 우리의 방뿐이었다. 어서 그곳에 도착하고 싶었다. 복도를 통과하면서도 우린 입을 다물고 묵묵히 걸었다. 문을 열고 방에 들어서자마자 리수가 휴대용 메신저를 켰다. 모든 메시지를 암호화하고 특정 시간이 지나면 그마저 서버에서 사라지도록 설정한 메신저였다.

─컴퓨터는 얼마나 늘렸어?

─일곱 대. 예정보다 빠른 속도야.

─졸업식 때까진 충분하겠네.

─맞아. 네 덕분이야.

리수의 입가에 미소가 떠올랐다. 리수는 답장은 하지 않은 채 그대로 방을 가로질러 전등을 껐다. 방은 삽시간에 어두워졌다. 어둠에 눈이 적응하길 기다리고 있으면 이내 짙은 라일락 향이 느껴졌다. 천천히 내게 다가온 리수의 손가락이 눈가를 매만졌다. 그 애의 손가락이 나의 눈꼬리를 거쳐 뺨과 턱을 타고 내려왔다. 그 애에게서 풍기는 향을 맡자 아까 삼켰던 꽃잎이 목구멍을 틀어막는 기분이 들었다. 리수는 전에 없이 부드럽고 구슬픈 손놀림으로 얼굴을 쓰다듬었다. 머리카락을 들춰 귓가를 건드리자 나는 그만 움찔했다. 리수의 손길이 조금이라도 더 깊었다면 귓등의 가상 필드 기계를 알아챘을 것이다. 하지만 난 리수를 제지하지 않았다. 그 손길이 일깨우는 감정들이 속을 애달프게 만들도록 내버려뒀다. 모든 게 들추어져도 상관없었다. 리수의 생체코드엔 반응이 있을까. 오로지 나로 인한 변화가 있을까. 얼굴을 매만지던 리수가 다시 돌아가 메시지를 보냈다.

─얼굴이 얼어붙은 채로 지내는 거, 힘들진 않아?
─지키고 싶은 게 있으니 괜찮아. 너도 마찬가지잖아. 이 정도는 감수할 수 있어.
─넌 정말 선생님을 닮았어. 내가 그분의 무턱대고 베푸는 다정함과 맑은 신념을 얼마나 사랑했는지 아니? 그래서 네 입술로 거짓을 말하는 게 아팠나 봐.

리수의 말이 나를 서글프게 만들었다. 이 애가 어느 정도로 어머니를 사랑했는지 짐작이 갔기 때문이었다. 어머니에 대한 관심의 정도나 무게를 나에게로 향하게 할 순 없을까, 이런 생각이 머리를 맴돌았지만 티 내지 않으려 애썼다. 한편으론 리수가 어머니에게 가진 죄책감을 빌미로 그 곁에 붙어 있고도 싶었다.

─내일도 널 위해 틈을 만들게.
리수가 부스럭거리며 일어나 자신의 침대로 걸어

가는 소리가 들렸다. 리수는 내가 바라다보이지 않도록 벽 쪽으로 돌아누울 것이다. 머릿속이 어지러웠다. 리수가 나를 위하는 이유는 내가 은주의 딸이기 때문이었다. 그 생각이 갑자기 내 내부에 거대한 외로움을 만들었다. 사랑은 필연적으로 고독을 가져온다고 했던가. 난생처음 그 빈 자리를 지독하게 실감했다. 기척이 잦아들 때까지 기다렸다 몰래 리수에게 다가갔다. 숨소리가 규칙적으로 들리는 걸 보니 리수는 이미 잠든 듯했다. 손을 뻗어 리수의 뺨은 어떤지, 감은 눈두덩은 어떤지 감각했다.

리수는 내가 낙원에 올리는 글들을 알까. 부디 몰랐으면 좋겠다. 리수를 난처하게 만들고 싶지 않았다. 오직 어머니의 바람을 이루려, 나마저 잃지 않으려 애쓰는 이 아이에게 짐이 되고 싶지 않았다. 그러나 들키고도 싶었다. 나 또한 어머니만큼 널 살리고 싶고, 네가 어머니가 아닌 나를 기다리고 봐주길 소망한다는 걸 들켜버리고 싶었다. 이젠 내가 누구를 질투하기 시작했는지 알 수 없었다. 이토록 초라한 감정이라니. 나는 계속 앉은 채로 리수가 만들어낸 숨결과 얼굴의 감촉을 가상으로 느꼈다. 들켜버리고 싶다······. 그럴 순

없겠지만. 자정에 가까워질수록 한숨이 더 깊어졌다.

○

　오늘의 약속 시간은 오후 3시였다. 리수가 예고한 시간에 난동을 부리기로 했다. 난 어머니의 코드 일부를 활용해 리수를 덮은 생체코드를 원격으로 수정했다. 과제를 하는 척 리수의 가상 필드 기계와 연결된 프로그램을 작동시키면 가짜 껍질이 벗겨지고 진짜 이브의 얼굴이 드러났다. 그러면 짧은 시간이지만 틈이 생겨났다. 교관들은 그걸 막기 위해 달려가고, 그렇게 리수가 시선을 끌면 난 좀비 컴퓨터를 통해 네트워크에 침투했다. 작업이 끝나면 기억삭제실로 끌려간 리수를 마중했다.

　리수에게 보여줄 다섯 잎 라일락은 여러 버전으로 만들었다. 가상 필드로 구현한 것도 있고, 종이나 그림으로 만든 것도 있었다. 형태가 어떻든 리수는 다섯 잎 라일락을 통해 기억을 되찾았다. 그러고 나면 리수는 내게 변화한 생체코드 정보를 제공했다. 우린 교관들이 본모습을 포함하여 정해진 것 이상으로 리수의 기억을 지운다는 사실을 알아냈다. 그들이 무엇 때문에 이토록 리수의 많은 것을 삭제하는지 알고 싶었다. 그 자리에 라일락코드의 비밀이 있을 터였다.

지금까지 완성한 좀비 컴퓨터는 총 일곱 대. 컴퓨터를 재부팅해도 리스토어 기능 덕에 해킹 툴은 지워지지 않았다. 그 툴을 통해 네트워크를 넘나들며 코드들을 분석하고 정보를 반출했다.

3시가 되려면 아직 시간이 남아 있었다. 머릿속으로 오늘 할 작업들을 빠르게 정리했다. 리수가 제시간에 소동만 잘 피워준다면 적어도 졸업식 전엔 모든 준비를 끝낼 수 있었다. 그렇게 열 대의 좀비 컴퓨터를 완성해 아이들의 데이터를 반출하고 졸업 대상자가 되어 생체코드관리국으로 잠입하면 끝이었다. 이브가 플로리오그라피를 사용해 아이들에게 기억을 유지하는 법을 가르치고 있기도 하니, 어떻게든 라일락코드에 대응할 방법이 생기리라.

이제 앞으로 30분. 리수는 무사히 준비를 마쳤을까. 틈을 만들 프로그램을 켜두었다. 이번에는 리수가 어떤 얼굴을 계획했을까. 이브의 작품을 마주하다 미소 지을 뻔한 적도 많았다. 이브를 내보내기 전 드러나는 리수의 본모습은 정말 아름다우니까. 그 말을 몇 번이나 직접 하고 싶었지만 우린 매번 리수가 기억을 잃은 직후에 만났기 때문에 기회가 없었다. 뭐, 지금은 그런 걸 아쉬워할 때가 아니었다. 기억삭제술은 날로 강력해졌다. 저 멀리서 수연과 정원이 서로가 아직 미소 지을 수 있는지 확인하는 모습이 보였다. 수연이 정원의 코를 건드리면 정원은 수연의 머리카락을 어루만졌다. 둘만은 아직도 자신들이 원래 웃던 대로 웃었다. 하지만 지난주에 기억삭제실에 끌려갔던 정원이 한동안 미소를 잃기도 했었다. 그때 수연은 내내 울었다. 수연은 정원과 함께 읽었던 시집의 페이지마다 꽃을 붙여 정원이 기억을 돌이킬 수 있도록 도왔다. 다행히 정원은 기억을 회복했지만 좋은 징조는 아니었다. 누구보다도 견고했던 둘의 추억마저 지워질 정도로 기억삭제술이 강력해졌단 뜻이었으니까.

 3시 정각이었다. 계절을 되돌리고 싶다. 오직 그 바람만으로 프로그램을 실행했다. 리수의 미소를 상상했다. 부드러운 피부가 걷히고 드러난 빼곡한 가지들을 일그러뜨리며 웃는 얼굴을 지극히 사랑하고 있다고 느꼈다. 리수의 진짜 미소를 더 바라보고 싶었다. 이브의 얼굴은 지층이 살아 움직이는 것처럼 생생했고, 무시무시하면서도 장엄했다. 우리가 이 학교에 오면서 잃어버린 자연처럼 경이로웠다.

 저 멀리, 약속대로 이브의 얼굴이 비쳤다. 하늘이 갈라지고, 초가을의 높고 새파란 하늘과 단풍들이 보였다. 몇 초간 지속되는 틈을 들여다보자 두고 온 계절들의 본모습이 기억났다.

사랑은 불멸한다.

 복도가 시끄러워졌다. 갑자기 밀려든 꽃향기에 이끌린 아이들이 교실을 뛰쳐나오고 있었다. 모두가 일제히 구호를 외쳤다. 그 목소리가 복도를 채웠다. 어마어마한 파동이 학교를 뒤흔들었다. 얼굴의 반절을 꽃으로 장식한 아이들의 소리였다. 이브처럼, 리수처럼. 만개한 꽃의 얼굴을 드러낸 그들은 공간 가득 외쳤다. 교관들은 누구부터 뒤쫓아야 할지 결정하지 못하고 멍청히 굳어버렸다. 한쪽에선 거대한 여신의 얼굴이, 다른 쪽에선 꽃의 무리가 움직였다. 우리는 서로의 얼굴에 새겨진 플로리오그라피를 읽었다.

캐모마일, 산딸나무, 에델바이스
우리의 사랑은 역경을 극복한다.
아마릴리스, 목련, 시계초, 산사나무
우리의 존엄에 자부심을 가져라.
난초, 동백, 물망초
당신을 기억하고 그리워합니다.
달리아, 오렌지 꽃, 글라디올러스, 라일락
불멸하는 사랑으로.

오늘의 기억삭제실은 만석이리라. 겨울의 학교는 내부에서부터 무너지고 있었다. 그 자리가 식물들의 향연으로 채워졌다. 천천히 행진하는 꽃들을 지켜보며 손가락을 빠르게 움직였다. 드디어 마지막 좀비 컴퓨터를 완성했다. 이제 데이터를 반출하고 독재자의 영향력을 무화하는 일만 남았다. 부디 하루빨리 라일락코드의 정체를 밝혀낼 수 있기를.

아이들이 스스로 만든 계절이 학교를 순환하기 시작했다.

10

 낙원의 아이들은 서로를 믿는다는 증명으로 품속에 몰래 시집을 감추고 다녔다. 그 속에 꽃들을 말려두었다가 기억을 되살리는 용도로 사용했고 학교가 불온하다 낙인찍은 그것을 사랑하는 이들에게 선물하기도 했다.
 학교는 벌점 제도를 강화했다. 낙원의 아이들을 고발하면 상점을 주겠다고 발표했다. 그러나 누구도 그 제도를 통해 이득을 보지 않았다. 거의 대부분이 이미 낙원에 속했기 때문이었다. 벌점 제도는 보기 좋게 실패했다. 겨울의 학교에도 희망이 비치는 듯했다.
 난 아이들의 데이터를 조금씩 분할해 파머에게 전송했다. 원본을 복사해두면 나중에 무슨 일이 생겨도 복원할 수 있을 테니까. 졸업식까지 쉬지 않고 작업하면 전교생의 데이터를 확보할 수 있을 터였다. 사랑은 성실함이자 신뢰라는 말을 곱씹었다. 사랑이 불멸하는 건 매일의 자리에서 연속하기 때문이었다. 우리의 사랑은 얼어붙지 않았다. 매일 사랑하는 이를 위해 해야 할 일이 있었다. 아이들이 누군가를 사랑하여 계속 꽃을 만들어내는 것처럼. 리수도 마찬가지였다. 하루도 빠짐없이 이브의 얼굴을 빚었다. 리수의 곁에서 나도 임무에 박차를 가했다. 아이들의 코드를 3분의 1 정도 반출하는 데 성공했고 동시에 리수의 해지 키를 찾는 작업도 게을리하지 않았다.

그러던 어느 날이었다. 몇몇 아이들의 데이터 속에서 라일락코드와 유사한 프로그램이 감지되었다. 난 당장 리수에게 이 사실을 알렸다.

"아이들에게서도 멀웨어가 발견됐어."

"라일락칩을 가진 사람은 전부 라일락코드에 감염돼 있으니까."

"하지만 네 코드와 좀 달라. 이것 봐."

난 메모해뒀던 아이들의 코드명을 리수에게 보여주었다.

LILAC(BETA) ver.02 .exe : 11.30

리수의 것에는 베타 버전이라는 표시가 없었다. 11. 30은 특정한 날짜를 가리키는 숫자지만 리수에겐 없는 거였다. 왜 아이들의 라일락코드에는 버전과 숫자가 적혀 있을까. 우린 머리를 맞대고 고민했다.

"짐작 가는 게 있어? 이 파일은 두 번째 버전이네. 그렇다면 첫 번째도 있다는 소린데."

리수는 생각에 잠겼다. 나는 달력을 확인했다. 놀랍게도 그 숫자가 가리키는 날에 이미 표시가 되어 있었다. 내 손으로 직접 표시한 것이었다. 그 의미를 깨닫자 두통이 몰려왔다.

"졸업식이야."

연말에 입학하는 이 학교는 이듬해 가을이 찾아오는 시기에 졸업식을 했다. 상점을 얻어 사랑을 마비시키는 데 성공한 아이들만이 학교를 떠나고 그러지 못한 아이들은 유급됐다. 이번에는 졸업 예정자가 극소수였다. 꽃의 행렬에 동참해 기억삭제실로 끌려간 애들이 수두룩했으니까. 라일락코드는 왜 졸업식을 가리키는 걸까. 졸업식까진 3개월 정도가 남아 있었다. 리수가 손톱을 깨물었다.

"위험해. 그 작자가 뭔가를 꾸미는 것 같아. 그 시일을 앞당기려는 것 같고. 여론이 악화되니 초조해졌나 봐."

"베타 버전이라는 건 뭘까."

"정확히는 모르겠어. 하지만 지금의 라일락코드는 내가 틈을 만들 수 있을 정도로 불안정하잖아. 그 사람은 하루빨리 코드를 완성하길 원하고. 그렇다면…… 더 많은 임상 시험이 필요하겠지."

소름이 쫙 끼쳤다. 그 말은…… 이 학교에 들어올 때부터 아이들을 불법 실험의 대상으로 삼았다는 뜻이었다. 본인의 동의도 받지 않은 채 말이다. 코드를 감염시킨 멀웨어가 그 증거였다. 우리가 학교에 있는 한 바깥에선 우리의 소식을 알 수 없으니 무슨 일이 일어나든 은폐하면 그만이었다. 더군다나 기억을 지우고 재입학시키는 시스템이라면 아이들을 백지로 돌리면 됐다. 불길한 예감이 들이닥쳤다. 리수가 다급하게 말했다.

"선생님께 들은 적 있어. 라일락코드는 기억삭제술을 강화한 것과 마찬가지라고. 지금의 기억삭제술도 높은 강도로 진행하면 1년 정도의 기억쯤은 통째로 날릴 수 있어. 라일락코드는 한순간에 주체가 쌓아 올린 경험적 기억 자체를 부숴. 대상을 식물인간 상태로 만들었다가 조작된 정보를 주입할 거야. 기억도,

추억도, 자신을 유지하는 게 무엇인지도 인지하지 못한 채 어떤 판단도 못하는 상태로 망가지는 거지."

"첫 번째 베타 버전은 너였을까? 이번이 처음일 리가 없잖아."

"나는 아닐 거야. 나는 라일락코드를 심는 대상이 아니라 그걸 해지하는 키니까. 라일락코드가 두 번째 베타 버전이라는 의미는……."

나와 리수는 동시에 창백해졌다. 리수는 벌떡 일어나 초조한 얼굴로 방 안을 돌아다녔고 나는 미간을 찌푸린 채 컴퓨터 화면을 노려보았다. 리수가 감정을 억누르며 이를 갈았다.

"그래. 그런 짓까지 했던 거구나."

"리수, 너만 리셋되었던 게 아니었어."

"맞아. 난 나를 제외한 너희는 모두 새로 입학한 학생이라고 생각했어. 그런데 아니었어. 작년에도 내가 아이들에게 폴로리오그라피를 알렸는지는 생각나지 않아. 그 기억은 지워졌나 봐. 마찬가지로…… 기억이 전부 지워진 채 다시 학교에 다니게 된 아이들이 있을 테고."

"나처럼 새로 입학한 학생들을 기억이 지워진 학

생들의 비교군으로 쓰려는 거군."

리수가 고개를 끄덕였다. 나는 생체머신 전극을 내 몸에 연결했다. 프로그램을 켜 라일락코드를 찾았다. 나의 가짜 칩에도 라일락코드는 설치되어 있었다. 그러나 새로운 버전이었다.

LILAC(BETA) ver.03 .exe : 11.30

추측이 확인된 순간이었다. 끔찍한 진실의 정체를 알아차렸다. 리수가 진지하게 말했다.

"지금 이 학교엔 세 부류의 아이들이 있는 거야. 임상 시험 대상인 기존 학생들, 비교군인 새 입학생들, 그리고 해지 키인 나. 이 중 가장 큰 위험에 처한 건 이전 버전 코드가 설치된 아이들이야. 코드가 완전하지 않으면 쉽게 폐기되거나 또 다른 코드를 덧씌우려 하겠지."

"어머니도 이 사실을 아셨을까?"

"지난 임상 시험까지 목격하셨다면……. 라일락코드를 해지하려 더욱 필사적이셨을 거야. 하지만 선생님이 코드를 해지하는 법을 찾았더라면 왜 공유하지 않으셨을까? 첫 번째 버전에 대해서도 언급하신 적이 없었어. 그래서 난 지금까지 오직 나만이 표적인 줄 알았는데."

　우린 미궁에 빠졌다. 이 학교는 라일락코드를 유일하게 무력화할 수 있는 리수를 통제하에 두려 설립된 곳이었다. 리수의 감정과 생각을 얼려 인형 같은 상태로 만들기 위한 곳이라 생각했다. 리수를 죽이지 않은 이유는 독재자에게 리수의 키가 꼭 필요하기 때문일 터였다. 독재자 또한 라일락칩의 이식자니까. 그는 언제나 최신 기술의 첫 수혜자가 되려 했다. 임상 시험처럼 위험도가 높은 일엔 다른 이들을 투입시켰고 그 결과로 산출된 이득은 자신이 가장 먼저 챙겼다. 그러나 만약 라일락코드가 완성된다면 라일락칩을 가진 자신 또한 해커의 표적이 될 수 있었다. 누군가가 반감을 품고 라일락코드를 독재자에게 실행하려 들 수 있었기에 독재자는 그날을 대비해 리수를 남겨뒀다. 만약 어머니가 이런 독재자의 의도를 알고 있었다면 더 빨리 라일락코드의 해지법을 알렸을 텐데. 왜 아이들의 재입학을 그저 두고만 봤을까. 오싹한 기분과 함께 의문이 꼬리에 꼬리를 물었다.

　리수와 어머니의 서신이 숨겨져 있던 디렉터리에 미처 발견하지 못한 자료가 더 있을까? 그곳을 더 뒤

져봐야 했다. 거기에 있는 단서를 전부 모아 들여다보면 어머니의 비밀과 해지 방법이 나올지도 몰랐다. 그러다 졸업식 날이 된다면? 아이들이 또다시 의지와는 상관없이 모든 기억을 잃고 재입학하게 된다면?

한참 고민하던 내게 리수가 넌지시 물었다.

"루트킷이라는 거 말야. 리스토어 기능을 사용해서 재부팅해도 이전의 코드를 되살리는 거라고 했지?"

"맞아. 그렇게 숨겨두었다가 필요할 때 사용할 수 있어."

"그렇다면 혹시…… 리스토어 기능을 기억코드에 설치할 순 없을까?"

"생체머신이나 프로그램이 아니라 기억코드 자체에?"

"응. 당장 우리 힘으로 라일락코드를 해지하는 건 불가능하잖아. 실험을 멈출 수도 없고. 하지만…… 어쨌든 독재자는 이 학교에서 라일락코드로 사랑과 관련된 기억을 지우려고 할 거야. 그렇다면 그 기억 자체를 리스토어할 수 있게 하는 거지. 일종의 백신처럼."

난 입술을 축였다. 기억삭제실에 다녀온 리수의

코드를 반복해 분석하며 눈에 익힌 몇 가지 코드가 떠올랐다. 그들이 표적으로 삼는 기억에는 특정한 패턴이 있었다. 사랑과 관련된 기억들……. 존재하는 모든 기억을 되살릴 순 없어도, 그중 몇 가지만이라도 구할 수 있다면…….

"이론상으론 가능할 것 같아. 하지만 라일락코드와 리스토어 기능이 충돌할 때 어떤 작용이 일어날지는 장담할 수 없어."

"……난 이미 여러 번 기억을 되찾았잖아. 플로리오그라피로도 가능했어. 그 과정을 가속화할 수 있다면…… 해볼 만하지 않을까? 백신이 통한다면…… 라일락코드를 두려워만 하지 않아도 돼. 나한테 그걸 설치해줘."

"잠깐, 그건 너무…… 위험해."

"그러니까 날 활용하라는 거야. 기억삭제술에도, 생체코드 조작에도 이만큼 익숙한 실험체가 어디 있겠어."

리수가 천진하게 미소 지었다. 내 속은 더욱 타들어갔다. 난 나의 어머니나 했을 법한 말을, 아니, 사실 지금 나의 유일한 목적을 내뱉었다.

"넌 내가 살릴 거야. 실험 대상으로 희생시킬 순 없어. 내게 무슨 일이 생기더라도…….."

정신없이 뱉은 말에 리수의 표정이 급속도로 굳었다. 리수는 무언가가 불만스러운 듯 연신 한숨을 내쉬다가 눈꺼풀을 치켜떴다. 마음에 들지 않는 게 있을 때 짓는 표정이었다. 리수가 날카롭게 받아쳤다.

"너한테 그런 거 바란 적 없어."

그 반응이 가슴을 할퀴었다. 나는 울고 싶어졌지만 이미 많이 얼려놓은 표정은 아무 감정도 내비치지 않았다. 대신 귓불만 조금 뜨거워졌다. 리수는 내가 붙잡던 열망, 어머니가 나에게 물려주었다고 착각했던 열망을 대번에 직시하도록 만들었다. 나는 어머니의 대용이 될 수 없었다. 머리끝까지 부끄러웠다. 하지만 그것이 아니라면 나는 리수에게 어떤 존재일 수 있겠는가. 내가 잠자코 있자 리수는 자신의 머리를 마구 헝클더니 더욱 퉁명스럽게 말했다.

"……방금 네가 한 말. 너에게 무슨 일이 생기더라도 날 살리겠다는 말……. 그거 엄청 이기적인 말이야. 난 이미 나 때문에 선생님을 잃었어. 그 아픔을 너라고 모르지 않잖아. 네가 한 말은 너까지 나한테 똑

같은 고통을 줄 수도 있다는 말이야."

 더 이상 할 말이 없었다. 난 그저 리수를 섣불리 희생시키고 싶지 않았을 뿐이었으나, 리수 입장에서는 상처를 두 번 받는 일이었다. 리수가 어머니에게 가진 죄책감을 나눠 갖고 싶었는지도 모르겠다. 그게 무엇인지도 모르면서 감히…… 민망함과 동시에 다른 종류의 아픔이 몰려왔다. 리수에게 어머니를 넘어설 만큼 중요한 존재가 되고 싶었다. 나도…… 리수를 사랑하니까. 어머니와는 다른 방식으로. 더욱이 모든 문제를 해결하는 키가 리수라고 해도 그 애를 무턱대고 이용하고 싶지 않았다. 나의 심란함을 눈치챈 리수의 목소리가 누그러졌다. 그 애는 다가와 나를 다독였다.

 "백신이 효과가 있으면 아이들에게 알리자. 원하는 사람들은 설치할 수 있도록. 그럼 나 혼자 희생되는 것도 아니야. 더 큰 해방을 위한 초석을 놓는 거지. 내가 소망했던 대로 그 사람의 계획을 부술 좋은 기회야. 아이들 중 일부라도 기억을 회복한다면…… 홀로 싸우는 것보다 지금의 학교에 더 큰 균열을 낼 수 있을 거야."

의지로 반짝이는 리수의 눈동자를 마주 보았다. 이 각오를 꺾을 순 없었다. 내가 리수를 욕심내더라도. 리수의 말마따나 우리에게 허락된 시간은 촉박했다. 모두의 기억이 삭제당할 바엔 무엇이라도 시도하는 편이 나았다. 결국 난 리수의 제안에 동의했다.

"알았어. 기능을 구현하는 것 자체는 어렵지 않을 거야. 코드네이팅이 가능한 사람을 몇 명 더 모으면 작업 속도도 빨라질 테고."

"좋아. 사람은 내가 구해볼게. 만약 이전에도 임상 시험이 있었고 아이들의 기억이 지워졌던 거라면…… 백신을 통해 이전의 기억까지 되살아날 수도 있어. 그럴 수만 있다면 정말로 많은 게 달라져."

난 고개를 끄덕였다. 고통스러운 마음을 숨기고자 얼른 컴퓨터 앞에 앉았다. 그동안 추출한 코드 목록을 검토했다. 리스토어 백신을 설치하기 좋은 위치에 심고 내일 리수가 기억삭제실에 다녀왔을 때 효력이 있는지 보기로 했다. 리수가 주머니에 두 종류의 꽃을 챙겼다. 다섯 잎과 네 잎짜리 라일락이었다. 만약 리스토어 기능이 제대로 작동하여 지표 없이도 바로 모든 게 기억난다면 리수는 다섯 잎 꽃을 꺼낼 것이다.

꽃을 잊거나, 네 장짜리 잎을 꺼내거나, 두 꽃을 모두 꺼낸다면 실패했단 뜻이다. 일생일대의 도박에 손끝이 떨렸다. 내 손으로 리수에게 결과를 장담할 수 없는 미지의 코드를 설치해야 한다니. 실행 버튼을 누르기 전 과호흡이 왔다. 심장에 강렬한 통증이 느껴지며 숨이 쉬어지질 않았다. 내가 헐떡이자 리수가 다가와 등과 어깨를 천천히 쓸어주었다.

"네 용기를 믿어."

눈에서 눈물이 차올랐다. 과호흡 때문만은 아니었다. 내 용기의 방향이 리수를 망가뜨릴지도 모른다는 사실이 두려웠다. 리수는 그런 내 눈을 가만히 들여다보다가 어깨에 고개를 묻었다.

"……미안해. 네가 그렇게 말해줬던 것만은 진심으로 기뻐. 내 인생에서 두 번째였어. 내가 그저 누군가가 원하는 대로 휘둘리고 이용당하는 존재가 아니라고 말해준 사람은. 내 고통을 같이 아파해준 사람은. 그래서 더 이 학교를 부수고 싶어. 너를 원래의 계절로 돌려보내고 싶어. 나에겐 너도 소중해. 정말로……. 다른 사람과 비교할 수 없어. 그게 이곳에서의 내 바람이야. 이해해줄 거지."

……이건 전부 네가 모두를 사랑하고, 내가 너를 사랑하기 때문이었다.

 나는 아무 말도 하지 못하고 키보드를 두드려 리스토어 기능을 리수에게 설치했다. 리수는 고개를 끄덕이곤 자신의 자리로 돌아갔다. 난 먼저 잠든 척하려 침대에 누웠다. 그러나 긴장으로 쉬이 잠이 오지 않았다. 뒤척이며 어머니의 단서들을 되짚었다. 정말로 이 방법밖엔 없을까. 어머니가 라일락코드의 해지법으로 알아낸 건 무엇일까. 리스토어가 성공적으로 작동하면 리수의 기억은 더욱 생생해지고, 어쩌면 어머니와의 추억들도 돌아올지 몰랐다. 그때에도 리수는 지금처럼 나를 대할까. 속이 엉망이었다. 샤워를 마친 리수가 차분하게 머리를 빗고 자리에 눕는 모습이 보였다. 불확실한 실험에 운명을 건 아이로는 보이지 않는 침착함이었다. 신이 있다면 부디 이 사랑이 산산조각 나지 않도록 해주세요. 이게 내가 할 수 있는 기도의 전부였다.

○

리수가 기억삭제실에 다녀왔다. 리스토어 기능이 설치된 채로.

그 애가 방에 돌아온 건 밤 10시였다. 백신이 통했을까. 침을 삼켰지만 긴장으로 목이 계속 칼칼했다. 리수는 흐릿한 눈으로 방 안을 둘러보았다. 자신이 어디에 서 있는 누구인지…… 떠올리려고 애쓰는 눈치였다. 난 평소와 다르게 라일락 꽃을 보여주지 않았다. 백신이 제대로 작동한다면 리수 스스로 기억해낼 것이었다. 제발, 신이시여. 리수의 계절을 되돌려주세요. 침묵 속에서 필사적으로 리수의 안녕을 바랐다. 리수는 도자기처럼 무감해 보이는 나의 얼굴을 응시하다가 느릿하게 주머니에 손을 넣었다. 그러고는 그 속에서 무언가를 찾았다. 손끝이 바빠질수록 리수의 눈빛도 선명해졌다. 리수가 주먹 쥔 손을 내밀었다. 이윽고 펼친 손바닥 안엔…….

❀

하나, 둘, 셋, 넷, 다섯. 꽃잎이 다섯 장이었다. 내가 기다리던 바로 그 꽃이었다. 난 고개를 들고 리수를 마주 봤다. 리수도 나를 바라봤다. 리수가 고개를 끄덕였다. 난 환호하며 곧장 그 애를 포옹하려 했지만 리수는 어쩐지 그냥 침대에 누워버렸다. 이불을 끌어당겨 입 모양을 가린 채 속삭였다.

"성공이야. 전부 다 기억나. 대단해. 플로리오그라피를 사용할 때에는 안개 속에서 길을 찾듯 모호한 채로 드문드문 이미지만 떠오르거든. 이건 달라. 영화처럼 뚜렷하게 기억삭제실 이전의 일들이 떠올라."

나는 손끝으로 책상을 한 번 두드렸다. 그렇구나, 하는 인정의 표시였다. 한껏 기쁨을 표현하고 싶은 나와 달리 리수는 어쩐지 풀 죽은 목소리였다. 성공한 사람치곤 힘이 없었다. 리수가 중얼거렸다.

"하지만…… 부작용이 있어."

난 책상을 두 번 두드린다. 의문이나 부정의 표시였다. 우리의 시도는 시험 단계여서 모든 결과를 낱낱이 파악해야 했다. 걱정이 밀려들었다. 리수는 이불 아래로 손만 살짝 내밀었다. 나는 내민 손을 관찰했다.

"이건 내 본모습하고는 관련이 없어. 느낌이 이상해. 이건…… 진짜 식물이야."

리수의 새끼손가락 한 마디가 나뭇가지로 변해 있었다. 작은 잎이 달린 가지였다. 손끝을 내민 채로 리수가 계속 말했다.

　"백신이 작용하는 만큼 인체에 변화가 생기나 봐. 자연의 징벌처럼. 이건 이브의 얼굴 같은 것과는 달라. 영향을 더 자세히 알아봐야겠어. 실험을 계속하자. 몇 번은 더 할 수 있어. 다만 부작용이 확실하다면…… 아이들에게 이 사실까지 알리고 선택하라고 해야겠지."

　긴 침묵 끝에 나는 책상을 한 번 더 두드렸다. 리수의 의견을 부정할 권한이 내게 없었다. 아이들의 데이터를 반출해야 하는 내가 리수 대신 실험체가 될 수도 없었다. 리수가 손을 거두었다. 그러고는 이불을 어깨까지 끌어내린 뒤 벽 쪽으로 돌아누웠다. 난 리수가 불을 꺼주길 바랐다. 그럼 감시를 피해 리수에게 입 맞출 수 있으니까. 하지만 리수는 그렇게 하지 않았다. 생생해진 기억 때문인지, 변화한 몸 때문인지 알 수 없었다. 어쩌면 더 이상 나와 키스하고 싶지 않게 됐는지도 몰랐다. 백신이 추억을 더 선명히 되살려 낼 테니까. 처음으로 차라리 이런 감정 따위 마비되어버리면 좋겠단 생각이 들었다. 착잡하고 혼란했다. 이 고통은 살아 있다는 증표였지만 그래서 죽고 싶기까지 한 감각이었다. 피곤했는지 리수는 금방 잠들었다. 난 리수 대신 방을 가로질러 불을 껐다. 어둠 속에서 리수 곁에 앉았다. 리수에게 입을 맞추진 않았다. 대신 나무로 변이한 그 애의 손끝을 이불 밖으로 빼내 매만졌다. 그것은 가느다랗고 버석거렸다. 이 일을 계속한다면 리수는 다른 종으로 변해버릴지도 몰랐다. 완전한 이종(異種)의 존재로……. 리수는 사랑 때문이라면 기꺼이 변종을 감내할 사람이었다. 그리고 그 애의 그런 사랑은 내게 두려움을 만들었다. 이 아이가 변한 자리에 펼쳐질 고독을 감당할 수 없으리라는 두려움이었다.

나는 손가락을 붙든 채 사무치는 밤을 지새웠다.

11

"아직 웃을 수 있어."

 리수가 방에 돌아왔다. 나는 몸을 최대한 벽에 붙인 채 다섯 잎 라일락을 손바닥에 올려놓고 있다가 리수가 시선을 줄 때 그걸 머금었다. 이미 모든 기억을 되찾은 리수가 신호로 방의 불을 껐다. 딸각 소리와 함께 찾아오는 어둠은 오히려 희망이다. 암흑 속에서도 연하게 빛나는 리수의 눈동자를 구분했다. 누구도 우릴 볼 수 없을 만큼 방 안이 어두워지고 리수는 가느다란 손가락으로 내 얼굴을 더듬었다. 내게 남은 미소가 어느 정도인지 손끝으로만 가늠한다. 교관들의 눈이 가득한 아침엔 우린 서로를 만날 수 없지만 모든 것이 가리어진 밤에는 가능했다. 리수의 손가락이 어느새 입속으로 들어오고 곧 내가 머금은 라일락을 발견했다. 그 애의 손이 입천장에 닿았다. 리수는 미세한 움직임도 놓치지 않으려 손을 움직였다. 나는 리수의 손가락을 깨물기도 하고 혀뿌리에 닿도록 깊숙이 품기도 했다. 나는 리수의 몸이 얼마나 변했는지 확인했다. 살 위로 까끌거리고 울퉁불퉁한 나무껍질이 만져졌다. 리수는 내 입속에서 라일락을 꺼내 그 위에 입 맞췄다. 우린 서로를 더듬어 변화의 정도를 파악했다. 문득 내가 중얼거렸다.

"이브의 재료가 되고 싶어."

"……함부로 원할 수 있는 게 아니야."

"그렇겠지."

나도 네가 꿈꾸는 계절 속에 있을까? 우린 서로에게 무엇을 바라나. 또, 무엇을 바라야만 사랑이라 정의할 수 있나. 찰나의 쓸쓸함을 잊으려 서로가 품은 부드러움을 헤집었다. 교관들이 강요했던 마비를 흩뜨렸다. 계절이 그리울 때, 기억이 불멸할 때, 감정과 존재가 상대의 영혼 쪽으로 가지를 뻗을 때 머릿속에서도 식물을 닮은 기관들이 번쩍였다. 나에겐 라일락 칩이 없으므로 모든 희열과 슬픔이 날 통과하도록 내버려뒀다. 사랑이 영혼을 파헤치고 녹여 다시 봄으로 태어나도록 됐다. 어둠 속에서만 표현 가능한 진실들이 마음에 각인될 때까지. 은주의 딸 은수, 그 외의 은

수. 리수가 어느 쪽의 은수에게 입 맞추는지는 상관없었다. 순간 리수가 질문했다.

"넌 단지 선생님의 딸이라 내게 그런 말을 해주는 거지?"

그러고는 고개를 숙였다. 아, 그 순간 나는 우리가 전하지 못하고 얼린 진심들 사이에 어떤 왜곡과 두려움이 끼어들어 있었는지를 이해했다. 난 그걸 풀고 싶었다. 아무리 뒤엉켜버렸어도 서로를 끌어안은 채로 생존하는 식물들처럼. 뿌리가 잘려도 새롭게 뻗어나가는 식물들처럼. 난 리수의 뺨을 감싸고 입 맞췄다. 우리가 키스할수록 새로운 이브의 얼굴이 머릿속에서 선명해졌다. 표피가 식물로 감싸인 지구 그 자체에 가까운 얼굴. 그게 나의 이브이며 내 속에서 그건 언제나 리수였다. 우리의 키스에선 항상 라일락 향이 짙게 풍겼다. 도중에 모든 게 우습다는 생각이 들었다. 아니, 널 사랑하는데 이런 슬픔과 공포가 다 무슨 상관일까. 미소가 옅어지도록 조작된 얼굴 위로 표정을 지으려 노력했다. 보이지 않아도 분명히 존재하는 이 마음이 전해지길. 돌연변이로 태어났단 이유로 리수가 겪었던 고초와 이브의 저항으로 태어난 결과물들을 생각했다. 그럴 때마다 나는 어머니로부터 나에게 내려온, 그리고 오롯이 내 속에 피어난 약속을 되새겼다. 가장 춥고 어두울 날에도 빛날 약속을.

넌 내가 살려.

네가 나에게서 누굴 보는지는 상관없어졌다. 이 기적이라고 비난해도 어쩔 수 없었다. 너도 날 살리기 위해 자신을 깎고 변형하고 희생하니 나도 이 정도 욕심은 내도 되지 않나. 얼굴이 마비될수록 가슴속 사랑은 첨예해졌다. 어쩌면 우주는 고통을 통해서만 사랑을 가르치는지도 몰랐다. 억압과 이별, 외로움 끝에 소생하는 게 사랑이길. 겨울이 가혹할수록 봄은 강인해지는 법이었다. 우린 그저 라일락이 인도하는 소망에 몸을 맡겼다. 무의식 깊이 서로의 체취가 새겨지도록. 언제든 라일락이 피는 계절에는 네 기억이 나도록. 이상했다. 온통 네 삶을 바라는 게 나의 사랑이라니. 그래서 우린 적어도 길을 잃진 않을 것이었다.

얼굴이 차갑다. 독재자가 지시한 코드가 작동한 탓일 터였다. 얼굴은 급속도로 얼어붙었다. 난 리수의 팔목을 쥐고 내 뺨을 쓰다듬도록 했다. 이 아래 숨겨진 본성이 널 향한다는 걸 알아주면 좋겠다. 네가 외롭지 않았으면 좋겠다. 리수의 손바닥은 따뜻했다. 내 얼굴을 녹이려 몇 번이고 주무르는 동안 생체코드의 영향력은 100퍼센트에 다다랐다. 내 얼굴이 시체의 것처럼 굳었다. 어떠한 감흥도, 애정도, 생각도 반영할 수 없도록 마비됐다. 교관들이 리수에 관해 캐묻는 말에 태연한 표정으로 "더 이상 이브를 사랑하지 않습니다"라고 말하고도 들키지 않을 수 있었다. 리수는 거짓으로 점철된 내 얼굴을 한참이나 쓰다듬었다. 손길마다 얼굴을 태워버릴 듯한 다정함과 아쉬움이 묻어났지만 경직된 안면은 풀리지 않았다.

"이젠 웃을 수 없어."

○

백신의 부작용은 계속되었다. 변이 부위는 일관성이 없었다. 어떤 때는 국소 부위만 식물로 변했고, 어떤 경우에는 손바닥보다 큰 면적이 변했다. 변화에 영향을 미치는 변수를 찾고 싶어도 불가능했다. 변칙성이 너무 컸고 시간은 계속 흐르기만 했다. 난 파머에게 도움을 청했다.

―기억삭제술의 핵심은 라일락코드라는 멀웨어예요. 이걸 해지해야지만 진정한 해방이 가능해요.

―알았어. 모든 정보력을 총동원해 조사해볼게. 임무는 계속 진행해야 해. 최대한 많은 데이터를 바깥으로 옮겨와 복원해둬야 독재자가 무엇을 하든 지킬 수 있는 것도 많아지니까.

―네. 다만…… 한 가지 마음에 걸리는 게 있어요.

―뭐지?

―제가 전송하는 데이터들은 임상 시험에 의해 이미 기억이 한 번 지워진 상태의 것들이에요. 원본 코드와 비교하지 않는 한 지워진 기억들은 코드만으론 찾기 어려울 거예요.

특히 기억이나 감정은 자연적으로도 얼마든지 달라지기에 더욱 난관이었다. 아이들이 스스로 잃어버린 기억을 회복하지 않는 한 임상 시험 이전의 기억까지 찾는다는 보장이 없었다. 그래도 쓸 수 있는 모든 방법을 동원해 버텨야 했다. 우리가 의지할 만한 건 플로리오그라피와 루트킷, 그리고 불안정한 리스토어 백신이었다.

파머에게서 답장이 왔다.

―여차하면 라일락코드를 대중에 폭로해야 할 거야. 너희가 아직 소녀원에 있으니 섣부른 행동은 위험하겠지. 혹시 네 어머니의 자료에선 더 찾아낸 게 없니?

―그 후로 별다른 건 없었어요.

―너에게 들은 바로는 리수에게 중요한 키가 있어. 하지만…… 네 어머니는 나에게 리수의 존재를 언급한 적이 단 한 번도 없었어. 사실 그게 계속 마음에 걸려 조사를 좀 했어. 그걸 네게 말해주어야 할지 고민이 되는구나.

―뭐길래요?

말을 고르는 듯 파머에게서는 한동안 답이 없었다.

―해지 키가 우리 편에 있다는 사실 자체가 우리에겐 강력한 대항책이야. 그런데 왜 은주는 리수를 숨겼을까? 그래서 리수란 아이에 대해 알아봤어……. 혹시 그 애가 자신의 출신을 말해준 적 있었니?

―……아니요.

본모습을 보여준 적은 있었지만 자신의 가족이나 고향에 관한 얘기는 한 번도 해준 적이 없었다. 리수는 이미 내 어머니에 관해서 알고 있었으니 내 쪽에서도 가족 얘기를 따로 하지 않았다. 파머는 다시 뜸을 들였다. 불길한 예감에 어깨가 으슬거렸다. 이어 파머의 메시지가 도착했다.

―리수…… 그의 딸이야. 독재자의 딸이라고.

눈앞이 하얘졌다. 전송된 글자를 이해할 수 없었다. 아니, 이해하고 싶지 않은 기분이 들었다. 리수가 그 자식의 딸이라니. 내 어머니를 데려가고 아이들의 감정을 지우려는 극악무도한 독재자의 딸이 리수라고? 믿고 싶지 않았다. 머리가 아찔했다. 파머는 연달아 메시지를 보냈다.

―그 애를 조심해야 해. 독재자가 리수에게 집착한 건, 자신과 핏줄로 이어져 있기 때문이야. 끔찍한 유전자를 가진 애를 정말 믿을 수 있을까?

―리수는 독재자와 다른 내면을 가졌어요. 독재자의 핏줄은 일부일 뿐 그 애는 타고난 뿌리와 무관한 사람이 되길 바라요. 그걸 위해 싸우고 노력해요. 전 그 애를…… 믿어요.

―되살린 기억 속에서 독재자가 그 애를 이용해 무언가를 계획하고 있던 거라면? 우릴 함정에 빠뜨리거나 포획하려는 음모의 일부일 수도 있어. 리수가 그

에게 속한 한, 겨울 학교에 잡혀 있는 한, 누구도 안전하다고 장담할 수 없어.

─……그 점은 유념할게요. 하지만 어머니도 분명 그 애에게서 정의로운 무언가를 봤어요. 그러지 않았다면 리수를 감싸지 않으셨을 거예요. 게다가……그 애는 저와 같은 영혼을 가졌어요.

─독재자가 감정을 마비시켜 현실을 왜곡하려 들듯이, 반대로 폭발적인 감정도 현실을 왜곡할 수 있어. 그러니 꼭 조심해라. 사랑에 너무 속지 마. 어머니의 코드도 다시 살펴보렴. 채 못 읽어낸 단서가 있을지도 몰라.

─네. 알겠어요. 파머도 부디…… 몸조심하세요.

파머의 마지막 말이 가슴에 남았다. 사랑에 너무 속지 마. 과연 어떤 게 눈을 흐리는 감정이고 어떤 게 진실을 비추는 감정일까. 마음을 가라앉히며 머릿속을 정리하려 했지만 한번 요동친 감정은 쉽사리 가라앉지 않았다. 한참이나 심호흡을 하고서야 냉철해질 수 있었다. 아직 리수에 대해 알아야 할 게 많았다. 어머니가 리수의 정체를 알았음에도 숨겨야 했던 이유, 라일락코드의 해지 방법, 리수의 진의. 진실을 알수록 더 큰 위기에 봉착하는 기분이었다. 하지만 부딪칠 수밖에 없었다. 난 어머니의 코드를 다시 꺼냈다.

파머의 말대로 놓친 부분이 있을지도 몰랐다. 코드는 맨 처음의 깨진 꽃 문양으로 돌아가 있었다. 플로리오그라피를 반영한 패턴들을 유심히 관찰했다. 그러고 보니, 내가 찾았던 암호의 배열엔 두 가지 해석이 있었다. 흰 안개꽃을 무죄라는 의미로 해석한다면 '죄 없는 나를 생각해주세요'였다. 만약…… 다른 뜻으로 해석한다면? 플로리오그라피 표를 되새겼다. 흰 안개꽃의 두 번째 뜻은…… '죽음의 슬픔'이었다.

창을 열었다. 이 가설을 시험해보기로 했다. 암호를 넣는 난에 '죽음의 슬픔에 빠진 나를 생각해주세요'라고 입력했다. 그러나 프로그램 창은 오류 표시만 띄우고는 묵묵부답이었다. 역시 한 번 성공했던 방법이 또 먹힐 리가 없었다. 깊은 한숨이 나왔다.

코드를 치우고 리수와 어머니가 통신했던 컴퓨터 네트워크에 접속했다. 리수의 글을 확인할 시간이었다. 우린 종종 이 컴퓨터를 통해서도 메시지를 주고받았다. 공유 네트워크에 숨겨둔 우리만의 비밀 폴더가 있었다. 어머니와 이브가 소통했던 것처럼 이젠 나와 이브가 그곳에서 만났다. 폴더 안엔 파일 하나가 감춰져 있었고 암호를 입력해야 열렸다. 암호는 다섯 장의 라일락으로 된 나의 닉네임이었다. 그걸 넣자 리수가 먼저 적어두었던 글이 떴다.

─시간이 많이 흘렀어. 이젠 결단을 내려야 할 때야. 백신을 설치하려면 부작용을 감수할 수밖에 없겠어. 네가 동의한다면 낙원을 통해 공지를 올릴게.

우린 부작용을 해결하지 못한 상태였다. 몇 아이가 변화하는 리수의 신체를 보고 수군거렸다. 짧은 시간에 부작용까지 막는 건 리수와 나 둘만의 힘으론 어려웠다. 결국 난 리수에게 동의한다는 메시지를 남겼다. 아이들에게 백신에 관한 모든 정보를 공개해야 했다. 우리가 찾아낸 리스토어 기능의 활용도와 독재자의 음모, 존재하는 위험성까지 알린 후 아이들에게 선택을 맡기는 수밖에 없었다.

얼마 후 이브가 낙원에 공지 사항을 올렸다. 시간이 얼마 없었다. 위험성을 내포한 기억을 되살릴 방법을 소개할 뿐 선택을 강요할 순 없었다. 원하는 사람은 이브에게 접촉하라고 했다. 백신 코드를 설치할 수 있는 기술자도 모집했다. 여럿이 나누어 백신을 설치하면 시간을 단축할 수 있으니까. 글이 올라가자 조회수는 폭발적으로 늘었지만 댓글이 달리진 않았다. 과연 몇 명의 아이들이 위험을 감수하면서까지 우리와 함께할지 알 수 없었다.

공지가 올라간 지 사흘이 지났다.

리수의 왼쪽 손가락 세 개와 팔꿈치, 목덜미 일부가 나무로 변했다. 아이들은 그맘때 리수가 이브라는 걸 알아챘다.

일주일이 지났다. 접선해 오는 아이들은 여전히 없었다. 이대로 우리의 계획은 실패하는 걸까. 저릿한 마음으로 계속 코드 개발에 매달렸다. 백신의 부작용을 조금이라도 줄일 방법을 찾아야 했으니까. 리수는 믿을 수 있는 아이들을 찾아가 이야기를 최대한 많이 해보겠다고 했다. 나는 방에 틀어박혀 키보드를 두드렸다. 부작용을 줄일 방법이 조금이라도 보이길 바라며.

똑똑. 노크 소리가 들렸다. 황급히 노트북을 덮었다. 리수는 아니었다. 리수가 노크 같은 걸 할 리 없었다. 어디에선가 이야기가 새어 나가 교관이 찾아온 걸까? 그 찰나에 조명을 어둡게 조정하고 어떤 흔적도 보이지 않도록 방 안을 정리했다. 책상 위에 교과서를 펴놓은 후 문에 다가섰다. 손잡이를 돌리는 동안 목구멍이 바싹 말랐다. 그런데 문 앞에는 의외의 인물들이 서 있었다.

수연과 정원이었다. 둘은 친숙한 미소를 띄운 채로 이쪽을 바라봤다.

"봐, 내 말이 맞았지?"

"아직 확신하긴 일러."

날 발견한 수연이 더 활짝 웃었다. 정원은 아직 미심쩍은 표정이었다. 역시, 아직 얼굴을 얼리지 않은 아이들다웠다. 둘은 손바닥에 감췄던 다섯 잎 라일락을 보여주었다. 정원의 꽃은 종이를 삐뚤빼뚤 찢어 만든 것이었고, 수연의 것은 펜으로 그린 것이었다. 이건…… 이브를 따라 백신을 설치하겠다는 표시였다. 마음속에 한 줄기 희망의 빛이 비쳤다. 난 그들에게 고개를 끄덕여 보인 후 책상에서 메모지를 들고 와 글자를 적었다.

부작용에 대해선 알지? 각오는 되어 있어?

두 사람이 고개를 끄덕였다. 난 안으로 들어오라고 손짓했다. 드디어 처음으로 백신을 설치할 아이들이 나타났다. 용기를 내준 두 사람이 고마웠다. 난 둘에게 백신 설치일과 만날 장소를 적어 플로리오그라피로 적어 건넸다. 종이를 받아든 둘은 이내 조용히 사라졌다. 본격적인 싸움의 시작이었다. 수연과 정원은 코드나 가상 필드를 다룰 수 있는 능력 있는 아이들이었으니 큰 도움이 될 터였다. 백신을 설치한 후 그 방법을 알려주면 최대한 많은 아이에게 퍼뜨려줄 수도 있었다. 이제 더 널리, 더 안정적으로 설치할 수 있도록 실시간으로 코드를 개선해야 했다. 다시 한번 오류가 없는지 점검하며 나는 지금 혼자가 아니라는 사실을 되새겼다. 난 혼자가 아니다. 리수도 혼자가 아니다. 우린 혼자가 아니다.

리수에게 두 사람과 접촉했다는 사실을 알리려 네트워크에 다시 접속했다. 그런데 그곳에 미처 지워지지 않은 파일 하나가 있었다. 서로에게 전달된 메시지는 자동으로 삭제됐기에 이런 게 남아 있을 리가 없었다. 날짜를 보니 리수가 낙원에 공지를 올리기 전에 올라온 파일이었다. 권한 오류가 난 모양이었다. 종종 시스템에서 충돌이 일어나 지워져야 할 게 지워지지 않는 경우가 있었다. 어서 삭제를 해야겠다 생각하며 파일을 실행시키는데 그 안에 누군가 망설이며 적은 듯한 문장 한 줄이 흰 여백을 가로지르고 있었다.

　—너는 나를 어떤 얼굴로 기억해줄래?

○

　다음 날부터 백신은 아이들 사이로 빠르게 퍼져나갔다. 정원과 수연은 나와 달리 아이들에게 신망이 두터웠다. 처음엔 하루에 한 명 정도만 백신을 설치했지만 입소문을 타면서 기억을 잃지 않고 싶은 아이들이 물밀듯이 몰려왔다. 그들은 신체가 변화하는 일보다 사랑의 기억을 잃는 일을 더 두려워했다.

　"재생할 일만 너무 많이 만들지 않으면 돼."

　우린 아이들의 걱정을 덜어주기 위해 이런 말도 덧붙였다. 어쨌든 사랑과 관련된 말과 행위에 초점을 맞춘 기억삭제술에 저항하는 백신이니 당장 사랑을 읊지만 않는다면 백신을 맞았다고 곧바로 부작용이 나타나진 않았다. 그러나 아이들은 적극적으로 백신을 시험하고 싶어 했다. 이윽고…… 복도는 신체 어딘가가 라일락 나무로 변한 아이들로 가득 찼다. 귓바퀴, 눈꼬리, 머리카락의 일부, 손톱과 발톱, 무릎 등……. 사랑을 말하고 기억이 삭제되었다가 돌아온 아이들은 전염병이 남긴 상흔과도 같은 그 흔적을 공유했다. 변이한 아이들의 수는 놀라웠다. 사랑의 상징을 갖게 된 아이들은 전교생 전체에 육박했다. 아이들은 변이된 신체를 일종의 훈장이자 연대의 증거로 여겼다. 아직 망설이던 아이들도 용기를 얻어 자기에게도 백신을 설치해달라고 찾아왔다. 많은 아이가 독재자의 음모를 깨달았고 부작용에도 불구하고 백신을 설치하겠다고 줄을 섰다.

문제는 리수였다. 리수의 왼팔과 심장 부근은 거의 다 나무로 변해버렸다. 백신의 효과를 증명하려 기억삭제실에 여러 번 다녀온 탓이었다. 혹여나 리수의 심장에 무리가 가진 않을까 염려했지만 리수는 괜찮다는 말만 반복했다. 자기가 솔선수범해야 아이들도 우리가 하려는 일의 실체를 알고 신뢰할 수 있지 않겠느냐며 무리하면서까지 학교를 배회했다. 왼팔이 전부 식물화한 날, 리수는 입학 이래 처음으로 수업에 들어왔다. 그러고는 나무로 변한 팔을 당당히 내보여 교관들을 당황시켰다. 교관들은 리수가 이상한 병에 걸렸다고 여겼다. 리수는 그저 빙긋 웃는 얼굴로 앉아 있었다. 당연히 교관들에게는 그 애를 데려가 가둘 명분이 없었다. 이제 나의 루트킷 작업도 거의 완료 단계였다. 정보 반출 시뮬레이션도 마쳤고, 틈틈이 서버를 바꿔가며 데이터를 훔치는 과정도 8할 이상 끝냈다. 시간 싸움에서 유리한 건 우리였다. 리수는 이때부터는 반대의 전략으로 시간을 끌었다. 그들이 기억삭제실로 불러 변이를 조사하고 싶어도 식물처럼 고요하기만 한 자신을 무작정 데려갈 수 없도록.

오히려 더 적극적이어진 건 다른 아이들이었다. 아이들은 교관들 앞에서 서슴지 않고 사랑을 표현한 후 기억삭제실로 끌려갔다. 그 수가 점점 늘어 기억삭제실이 식물원처럼 보일 지경에 이르렀다. 매번 여러 명의 다른 아이들이 몰려와 균일하지 않은 데이터를 쏟아놓는 통에 그 안에서 백신의 코드 패턴을 찾아내는 건 불가능했다. 학교는 통제 불능에 빠졌다. 학생들은 희열을 느꼈다. 모두가 부작용을 감수한 덕에 교내엔 싱그러운 숲의 향기가 충만했다.

졸업식까지는 앞으로 두 달. 그때까지 모든 계획이 차질 없이 진행되어야 했다.

12

"곧 졸업식이다. 이날은 특별히 국빈이 방문하니 소란은 일절 금하고, 교칙에 어긋나는 행위를 한 학생은 즉시 기억을 통째로 리셋하고 재입학시키겠다. 지금 불온한 행위가 유행 중이라는 건 안다. 마지막 경고다. 잠깐의 일탈감을 맛보는 행위는 중단하고 상점을 얻는 데 집중해라. 점수 미달 학생들은 엄벌에 처할 것이다. 절대로 학교의 명예를 실추시키지 말도록."

조례 시간에 교관이 아이들에게 으름장을 놓은 이후 갑자기 교내에 삼엄한 경비 체제가 들어섰다. 검은 선글라스를 끼고 무장을 한 그들은 험악한 얼굴로 시도 때도 없이 교정을 돌아다녔다.

졸업식에 독재자가 직접 방문해 축사를 할 예정이었다. 또 그 자리에서 직접 우수 학생 중 생체코드관리국으로 데려갈 아이들을 발표한다고도 했다. 보통은 일주일 전부터 준비한다고 들었는데 이번에는 시일이 더 앞당겨진 듯했다. 뒤숭숭한 학교 분위기를 눈치챈 걸까? 나와 리수는 독재자가 실은 리수의 동태를 확인하러 오는 거라고 짐작했다. 임상 시험 대상들을 체크하려는 의도도 느껴졌다.

중요한 건 아이들이 학교의 경고를 기꺼이 무시했다는 점이었다. 백신을 설치한 아이들은 경직된 학교 분위기에 순응하지 않았다. 가든을 중심으로 낙원에는 꽃의 행진을 할 시간과 장소가 꾸준히 공지되었다. 어떤 날엔 수업 중인 교실이었고, 어떨 땐 경비 인력들의 앞, 어떤 땐 운동장이었다. 얼굴에 사랑의 고백을 피운 아이들은 학교를 돌며 행진했고, 그럴 때면 새하얀 눈밭에 플로리오그라피가 만개했다. 때로 아이들의 외침이 눈보라를 흩뜨렸다.

"인간성이 결핍된 자리에 삶은 없다. 열등한 건 독재자. 그는 영혼의 일을 이해하지 못한다. 불멸하는 건 사랑. 우리 모두가 이브다!"

아이들은 다 함께 고함을 질렀고 그때마다 눈발 사이로 꽃들이 요란하게 흔들렸다.

○

새벽 4시였다.

쾅, 쾅, 쾅. 요란한 노크 소리에 화들짝 놀라 잠에서 깼다. 한밤중인데도 누군가가 문을 부술 것처럼 무례한 발길질을 해댔다. 옆 침대엔 리수가 있었다. 우린 어두운 가운데 서로 눈을 마주쳤다. 리수는 부릅뜬 눈으로 상황을 파악하곤 내게 문을 열라 고갯짓했다. 난 부러 천천히 일어나 손잡이를 당겼다. 가장 먼저 눈에 띈 건 시커먼 군용 장갑이었다. 무장 인력을 대동한 교관들이 그들 뒤에 있었다. 이 사람들이 왜 이 시간에 온 걸까? 그것도 무장까지 하고? 입안이 바싹 말랐다. 교관들은 나를 지나쳐 리수에게로 다가갔다. 그러곤 리수의 양팔을 세게 붙들어 일으켰다.

"교내 질서를 흔든 주동자를 체포한다."

나무로 변한 리수의 왼팔이 뻣뻣하게 흔들렸다. 리수는 침착하게 날 바라보았다. 그 애의 눈이 한 번 느리게 감겼다 뜨였다. 입가에 묘한 웃음이 떠올랐다. 교관은 나에게 물러서라 손짓했다. 난 그들의 지시대로 두어 걸음 뒤로 비켜섰고, 교관은 모든 아이가 깨어나도록 거칠고 소란스럽게 리수를 끌고 갔다. 리수는 목을 꼿꼿이 들고 걸었다. 당당한 승리자처럼 맨발을 분명히 디디며 걷는 리수를 나는 그저 바라볼 수밖에 없었다. 몇몇 아이가 문틈으로 고개를 내밀었다. 그들의 시선을 받으며 리수는 나무로 변한 한쪽 팔을 슬쩍 흔들었다.

꽃의 행진은 리수가 주도한 게 아니었다. 낙원과 가든 그리고 아이들이 자발적으로 행한 일이었다. 그러나 학교 측은 리수를 데려갈 핑계를 필요로 했다. 억지 증거를 만들어 모든 것을 리수 탓으로 몰아 처벌하려는 속셈이었다. 통째로 기억을 들어낼까? 누구도 만나지 못하도록 감금하려는 걸까? 리수가 저항 없이 끌려갔던 건 나를 보호하기 위해서였다. 졸업식이 얼마 남지 않은 시점에 교관들의 눈 밖에 나선 안 됐으니까. 백신을 설치하러 낙원에 드나드는 인물 중엔 당연히 나도 포함되었기 때문이었다.

문을 걸어 잠그고 어스름한 새벽 공기 속에서 고민했다. 리수가 사라진 방 안에선 그 어떤 생기도 느껴지지 않았다. 찬 기운만 황량히 감돌았다.

겨울 속에서 봄을 상기시키는 향을 떠올리려면 리

수가 있어야 했다. 나에겐 리수가 필요했다. 리수를 독재자의 손아귀에 넘길 수 없었다. 그 사실을 자각하자 답이 나왔다.

　넌 내가 살려.

　그렇게 약속한 마음이 다시 한번 떠올랐다. 훗날 네가 나를 책망하더라도…….

　리수를 구하고 싶었다.

○

"날 좀 도와줘. 리수를 만나야 해."

　정원과 수연을 찾아가 애원했다. 서로가 존재하는 한 이 학교에서 사랑을 가장 견고하게 지킬 수 있는 아이들이었으니 도움을 청하기에는 이 둘만 한 이들이 없었다. 내 방문에 두 사람은 놀란 얼굴을 했다. 정원과 수연도 새벽의 소란을 목격한 터였다. 수연은 호의적이었고 나에 대한 의심을 아직 다 지우지 못한 정원은 고민하는 듯했다. 삐딱하게 선 정원이 날 훑었다.

"만나서 뭘 하려고? 사실 나는 지금 네가 리수를 일러바친 건 아닌지 의심 중이거든."

"……너희도 리수는 믿잖아. 리수는 이브야. 이브가 나에게 첫 백신 설치를 맡겼던 걸 잊었어?"

"리수의 신임을 얻은 다음에 속여서 주동자로 밀고한 건지 어떻게 알아."

"……정원, 네가 가든이지? 그리고 수연이가 가드너고. 가드너가 검증한 사람은 믿을 수 있잖아. 난 너희가 준 암호를 실력으로 풀어 정정당당히 낙원에 들어갔어. 내가 배신할 생각이었다면 너희라고 가만히 뒀겠어? 더구나 이렇게 쉽게 의심받을 짓을 왜 하겠어."

정원이 입을 다물었다. 여전히 미심쩍은 얼굴이었지만 딱히 반박할 논리는 없는 듯했다. 험악한 표정을 한 정원의 얼굴이 붉으락푸르락했다. 경계를 게을리 할 수 없는 심정도 이해는 갔지만 그런 걸 다 받아줄 여유가 없었다. 나는 당초 생각했던 계획으로 그들을 설득해보기로 했다.

"오늘 안에 기억삭제실의 암호를 알아낼 거야. 낙원의 암호를 알아낸 것처럼. 그걸 너희들에게도 공유할게. 이 정도면 손해 보는 거래는 아니지?"

"그걸 알아낼 수 있다고? 왜 진작에 하지 않았어?"

"섣불리 시도할 수 있는 일은 아니잖아. 눈에 띄고

싶지도 않았고. 하지만 지금처럼 학교가 어지럽고 기억삭제실이 미어터질 땐 해볼 법하지. 교관도 결국 사람이야. 허술해지는 틈이 한 번쯤은 생겨."

 난 침착하게 대답했다. 여태까지는 해커로서의 임무를 들키지 않기 위해 시도하지 않은 방법이었지만 리수가 잡혀간 지금은 더 이상 망설일 시간이 없었다. 그동안 파악한 학교의 서버엔 취약점이 있었다. 그걸 공략한다면 가능할 것도 같았다.

 "필요한 타이밍에 시간을 조금만 끌어주면 돼. 졸업식 전에 리수를 만나려면 서둘러야 해."

 "이렇게까지 하는 이유가 뭐야? 물론 넌 우리에게 백신을 설치해주었지만…… 교관들 편에 붙었던 성적 우수자이기도 하잖아. 네가 굳이 위험을 감수하려는 게 이해가 안 돼."

 수연은 내 진심을 확인하고 싶어 했다. 수연의 물음에 머릿속에 떠오른 답은 오직 하나였다. 이 학교에선 한 번도 입 밖에 내지 못했던 말. 정원과 수연이라면 이 말 한 마디에 모든 걸 이해하겠지. 난 담담하게 고백했다.

 "리수를 사랑해. 그 애에게 계절을 되돌려주고

싶어."

두 사람의 눈이 휘둥그레졌다. 사랑을 읊으면 곧바로 추적당했다. 그걸 감수하면서까지 감정을 털어놓은 걸 의외라고 생각하는 게 분명했다. 그러나 감상에 빠질 시간이 없었다. 난 빠르게 설명했다.

"나한텐 라일락칩이 없어. 그러니 사랑을 말해도 추궁당할 일이 없지. 이유는 아직 말 못해. 다만 너희들을 위해 마쳐야 할 일이 있고, 리수는 그동안 그걸 도와줬어. 교관들은 자신들에게 리수가 큰 방해라는 걸 알아. 독재자도 마찬가지로 여기고 있고. 그래서 리수에게 무슨 짓이든 하려고 할 거야. 그 애를 더 이상 위험에 빠뜨리고 싶지 않아. 제발 날 도와줘."

간절한 내 목소리에 수연과 정원이 눈빛을 교환했다. 내 무표정한 얼굴을 당장이라도 뜯어내고 싶었다. 그럼 진심을 더 제대로 보여줄 수 있을 텐데. 얼음장 같은 얼굴의 모범생이 하는 말을 정원과 수연이 믿어줄지 걱정이었다. 둘은 속닥이기 시작했다. 수연이 정원을 설득하는 것 같았다. 난 주먹을 꾹 쥔 채 그들의 결단을 기다렸다. 한참 후 수연이 말했다.

"도와줄게. 우리에게도 이브는, 아니, 리수는 소중

하니까. 협력하자."

 가슴을 쓸어내렸다. 중요한 정보를 까발리면서까지 부탁한 일이라 거절당했다면 감수해야 할 위험이 컸다. 둘에게 감사 인사를 한 후 더 자세한 계획을 설명했다. 이곳에 오기 전에 이미 완성해둔 타임라인이었다.

 "나는 이제 암호를 뚫으러 갈 거야. 그동안 기억삭제실 염탐을 부탁할게. 삭제 담당자들이 드나드는 패턴을 체크해줘. 비는 시간을 노려 잠입해야 하니까."

 "그 정도라면 식은 죽 먹기지. 넌 한 번도 안 가봤겠지만, 우리만큼 그곳을 잘 아는 애들도 없을걸. 아, 들은 바에 의하면 리수의 기억은 바로 지우진 않나 봐. 지금은 기억을 심문하는 중일 거야. 그들은 우리에게 리수가 주동자로서 계획한 음모들을 불라고 했었어. 제보들을 모아 관련 기억을 한꺼번에 삭제하려는 거지. 꽤 많은 분량을 확인하고 지워야 할 테니 평소보다 시간도 좀 더 걸릴 거야."

 맞는 말이었다. 이번 리수의 연행은 전과는 양상이 달랐다. 기억을 지우려는 목적도, 방식도 달랐다. 졸업식 혹은 임상 시험에 리수가 필요하기 때문일 테지. 중요한 건 그들이 리수의 중요 기억을 전부 지우고자 한다는 거였다. 그러니 한시라도 빨리 리수를 구출해야 했다. 난 시간을 체크했다. 지금 바로 출발해야 늦지 않을 수 있었다.

"휴대용 메신저를 켜둬. 암호를 찾아내면 곧바로 연락할게. 사인을 하나 정하자. 이 표식이 붙지 않은 메시지는 내가 보낸 게 아닌 거야."

둘에게 라일락 꽃 문양을 보여주었다. 정원의 눈썹이 꿈틀댔다. 이제 낙원의 꽃 닉네임이 누구의 것이었는지 눈치챘을 것이다. 수연이 고개를 끄덕였다. 그러고는 정원을 데리고 기억삭제실로 떠났다.

이제부터가 본격적인 내 시간이었다. 파머로부터 훈련받았던 실전 기술들을 총동원할 때였다.

기억삭제실엔 엔지니어링 담당 교관들만 아는 출입 암호가 있었다. 그렇다면 암호는 담당자의 클라우드나 컴퓨터에 저장되어 있을 터. 나는 마음을 다잡았다.

루트킷 작업을 해둔 컴퓨터는 총 열 대. 그중 가장 인적이 드문 곳에 있는 컴퓨터를 활용하기로 했다. 거짓으로 리수를 일러바치는 고발장 초안을 들고 그곳으로 향했다. 누군가 나에게 무엇을 하느냐고 물으면 이걸 만들었다고 둘러댈 작정이었다. 내 캐릭터가 상점에 미친 모범생이었기에 가능한 설정이었다.

자리에 도착했다. 교관들이 공유하는 네트워크를 염탐하는 창을 열었다. 빠르게 손가락을 움직여 화면에 뜬 정보들을 살폈다. 보통 담당자들이 관리하는 컴퓨터는 주기적으로 보안 패치가 업데이트됐다. 그러나 종종 안일한 이들이 오래된 버전을 그대로 쓰기도 했다. 그걸 찾으면 틈을 만들 수 있었다. 하나, 단 하나라도 보안이 허술한 틈을 찾아낸다면……. 난 신속하게 여러 컴퓨터를 검토했다.

찾았다!

다행이었다. 업데이트를 하지 않은 컴퓨터가 여러 대 있었다. 게으른 이가 생각보다 더 많았다. 보안 관련 매뉴얼을 소홀히 했겠지. 내게는 잘된 일이었다. 안전 불감증에 이토록 감사할 날이 오다니. 사고는 예고 없이 찾아오는 법이었다. 지금은 내가 그 재앙이었다. 곧바로 해킹 툴을 가동시켜 교관들의 디렉터리와 파일에 접근했다. 프로세스 목록을 출력하자 그들이 자주 접속하는 프로그램과 사이트의 목록이 나왔다.

그중 업무 메일과 자료를 주고받는 공동 관리자 사이트의 접속 빈도가 가장 높았다.

타깃 하나를 정해 IP를 훔쳤다. 사이트에 접속해 상대의 메일을 열고 '기억삭제실' '암호' '암호 변경' 등의 단어들을 검색했다. 이내 몇 개의 메일들이 선별됐다. 그것들을 차례로 열기 시작한 지 열 번 만에 유의미한 단서가 눈에 들어왔다.

전체 알림: 교내 시설 암호 변경 공지.

빙고. 딱 내가 찾던 제목이었다. 더블클릭을 하자 주기적으로 변경되는 시설들의 출입 암호 내역이 나왔다. 기억삭제실과 관련된 암호는 중간쯤에 적혀 있었다.

1130LILACde********

암호가 일부만 공개돼 있었지만 일단 메모했다. 변경된 암호는 회의 시간에 따로 공지하고, 변경 알림만 보낸 듯싶었다. 암호엔 익히 아는 날짜와 라일락의 영문 표기가 적혀 있어 라일락코드와 관련돼 있다는 건 짐작할 수 있었지만 소문자로 시작하는 뒤쪽 단어는 무엇인지 감이 오지 않았다. 기억을 삭제하는 곳이니 'delete'일까. 하지만 철자의 개수가 맞지 않았다.

숫자나 특수문자가 조합되었을 가능성도 염두에 두어야 했다. 전체 암호를 확인할 수 있는 중앙 서버가 따로 있나? 아무리 둘러봐도 단서가 없었다. 나는 다른 교관들의 메일을 열었다. 그러나 동일한 알림 메일만 수두룩할 뿐 암호 전체가 적혀 있는 메일은 없었다.

유일하게 알아낸 단서는 기억삭제실의 암호가 올해 들어 총 다섯 번 바뀌었다는 사실이었다. 메일함의 주인은 공지를 삭제하지 않고 그대로 두었는데, 변경을 알리는 메일이 총 다섯 통이었다. 이걸로 암호를 지정하는 패턴을 읽을 수 있지 않을까. 반쪽짜리 암호 다섯 가지를 적어 대조했다. 특정 시기와 관련 있는 단어를 쓰는 것 같긴 했다.

예를 들어 입학식 즈음엔 'entrance'가, 이브가 처음 등장한 날엔 'appearance'가 사용되었다. 그렇다면 이번 단어는 졸업식 혹은 임상 시험과 관련된 단어일 터였다.

마지막 비장의 수를 써야 할 때였다.

교관들의 인트라넷에서 기억삭제실의 운영 매뉴얼을 내려받았다. 그리고 내가 해킹했던 교관의 이름과 직위, 그들이 사용하는 용어와 기존 암호들의 목록을 적었다. 거기엔 리수가 항상 동일한 기억삭제실에서 시술을 받았다는 기록이 있었다. 리수는 특별 관리 대상이었다. 리수의 기억을 말끔하게 지우되, 몸이 상하거나 생체코드가 파괴되어서는 안 된다는 지침이 있었다. 다른 아이들을 대상으로 하는 매뉴얼보다 조건들이 더 많았는데 리수가 라일락코드의 해지 키를 갖고 있기 때문일 터였다. 리수 전용 기억삭제실에 들어간다면 지금까지의 시술 내용과 데이터들이 있겠지.

난 교관이 기억삭제실에 방문한 이력까지 모조리 파악한 후, 새로운 이력이 추가될 때마다 내 노트북에도 알림이 오도록 설정했다. 네트워크에 수연과 정원의 기록이 있는지도 살폈다. 그들이 기억삭제실에 다녀온 이력과 누적된 벌점도 적혀 있어서 그것들을 조작하고 모든 네트워크에서 침입의 흔적까지 지워두었다.

난 즉시 수연과 정원에게 연락했다.

―둘 중에 엔지니어링에 더 능숙한 사람과 기억삭제실에 더 자주 갔던 사람을 알려줘.

―엔지니어링엔 정원이 더 능숙해. 기억삭제실에 다녀온 횟수는 내가 좀 더 많고.

―알았어. 그럼 정원에게 지금 기숙사 1층 로비 끝 창고로 와달라고 전해줘. 너는 5분 후쯤 행정실로 가서 시간을 끌어줄 수 있어? 기억삭제술 관련 벌점에 문제가 있다고 하면 될 거야. 점수를 좀 조정해두었거든. 졸업 점수를 계산했더니 맞지 않는다고 말해봐.

―무슨 전략인지는 모르겠지만 일단 해볼게. 너 보통내기가 아니구나. 시간은 얼마나 필요해?

―행정실 안쪽에 26번 회선으로 연결되는 전화기가 있거든. 그걸 누구도 건드리지 못하게 해줘. 최소 5분, 늦어도 10분 안엔 끝날 거야. 만약 10분이 넘어가면 무슨 수를 써서라도 계획을 중단할 거니까. 너도 그 안에는 빠져나와. 다만 누군가가 시간 안에 전화를 사용하려고 하면 네가 난동이라도 부려줘. 그 전화기는 누구에게도 넘기면 안 돼.

수연이 그러마고 확답했다. 난 전화를 끊고 정원과 만나기로 한 장소로 향했다. 정원은 이미 약속 장소에 도착해 있었다. 우린 주변을 확인한 후 창고로 숨어들었다. 그곳 벽 하단에 오랫동안 방치된 비상용 전화기가 있었다.

"이 회선을 교체하는 장난을 치고 싶어."

"그 정도는 가능하지. 전에 수연하고 비밀 데이트를 하려고 종종 바꿨었거든."

"여기 통신망 구조도가 있어. 도면을 보면 학교를 총괄하는 메인 회선은 두 개. 서브 회선은 서른다섯 개야. 지금 이 비상 전화기와 연결된 회선은 이거……13번이지. 이걸 행정실의 26번으로 바꿔줘."

"흠. 어렵진 않지만. 행정실에서 전화를 쓴다면 금방 들킬 텐데."

"수연을 믿어봐야지. 26번은 행정실에서도 제일 구석과 연결된 회선이라, 전에 관찰했던 바로는 특별히 바쁜 날이 아니면 거의 사용되지 않아. 수연이 거기에 있는 동안 이걸로 암호를 알아낼 거야."

"좋아. 분부대로."

정원은 고개를 끄덕인 후 배선판을 뜯었다. 몰래 챙겨온 공구들로 회선을 살피더니 얼마 지나지 않아 내가 언급한 선을 찾아냈다.

시간을 확인했다. 곧 수연이 행정실에 들어갈 터였다. 만일의 상황이 일어나면 수연이 메시지를 보내기로 했다. 아무 연락도 오지 않는다면 계획을 그대로 진행하면 되었다. 난 적절한 타이밍을 기다렸다. 수연에게서는 메시지가 오지 않았다. 하던 걸 계속해도 된다는 뜻이었다. 정원은 본래의 전선들을 조심스럽게 빼낸 뒤 케이블을 정리하고는 수목을 정리하는 정원사처럼 요청한 번호의 회선들을 섬세하게 뒤바꿨다. 기계공학자가 꿈이었다던 아이답게 훌륭한 솜씨였다. 작업을 마친 정원이 엄지손가락을 치켜들었다. 난 고개를 끄덕이고 전화기 앞으로 다가섰다. 이제부터가 진짜였다. 목소리를 낮게 가다듬고 기억삭제실을 관할하는 기술전담반에 연락했다. 몇 번의 신호음 끝에 느릿한 말투의 상대가 전화를 받았다.

"네, 기술전담반입니다."

"안녕하세요. 행정팀장입니다. 민원이 들어왔는데 좀처럼 해결이 안 돼서요."

"뭔데 그러십니까."

상대방은 불퉁한 목소리로 응답했다. 최근 급증한 업무로 한껏 짜증이 난 목소리였다. 정원은 눈썹을 치든 채 내 말을 유심히 들었다. 나는 메모들을 보면서 태연한 어투로 말을 이어갔다.

"지금 기억삭제실에 그 학생…… 리수 말이에요. 조작을 진행해야 하는데 신규 담당자가 입실을 못 하고 있어요. 암호가 바뀌었다고 알려주었는데도 실패라고 하더군요. 1130LILACdelete 아닌가요?"

"아이, 그거 아니잖아요. deidentify로 바뀌었다고 회의 때 두 번이나 알려드렸는데요."

상대가 한숨을 쉬며 하는 말에 속으로 쾌재를 불렀다. 그를 트릭에 성공적으로 빠뜨린 것이다. 자신을 전문가라고 믿는 사람들은 민감한 정보를 직접적으로 캐물으면 대답하지 않지만, '부정확한' 정보를 말하면 고쳐주지 못해 안달을 한다. 특히 기억삭제실 암호처럼 특정인에게만 권한이 있는 정보라면 더욱 그랬다. 자신의 정보가 절대적이라고 믿는 오만함 때문에 덫에 걸려드는 것이다. 난 빠르게 대답했다.

"아, 그거였군요. 죄송합니다. 회의 때 깜박 졸았더니 잘못 적었네요. 전부 소문자가 맞나요?"

"네. 이번 주만 해도 벌써 세 명이나 물어봤어요. 일도 바빠 죽겠는데."

"다음에 커피라도 한 잔 살게요. 바쁘실 테니 직접 오거나 하진 않으셔도 돼요. 제가 처리하겠습니다."

"제발 그렇게 해주세요. 라일락 프로젝트인지 뭔지 때문에 온갖 기계들을 점검하느라 정신없다고요. 월급이나 더 주고 사람을 부려 먹든가. 쯧……."

"동감입니다. 그럼 이만 끊겠습니다."

그의 푸념이 더 길어지기 전에 얼른 전화를 끊었다. 회선에 방해가 없던 걸로 보아 행정실 상황도 잘 흘러가는 모양이었다. 한편으로 기술전담반의 일거리가 늘었다는 건 정말로 졸업식의 임상 시험이 임박했단 뜻이었다. 마음이 더 초조해졌다. 어쨌든 암호를 얻었으니 빨리 리수를 만나야 했다. 난 수연에게 행정실에서 나오라고 메시지를 보낸 후 정원에게 배선을 원래대로 복구해달라고 부탁했다.

"보통 삭제 담당자는 저녁 식사 전에 기계를 가동해놓고 한 시간 정도 휴식을 취해. 기회는 그때뿐이야."

내 말을 들은 정원이 빠른 손놀림으로 작업을 마무리했다. 우린 자리를 정리하고 기억삭제실로 향했다. 중간에 행정실에서 수연과 합류했다. 수연은 작게 웃으며 오늘 일은 꽤나 괜찮은 모험담이 될 것 같다고 말했다. 그 모습에 정원이 마주 미소 지으며 수연의 손을 쥐었다.

리수는 예상대로 별관 꼭대기 층의 전용 기억삭제실에 있었다.

기억을 삭제하는 건 쉬운 일이 아니었다. 삭제하려는 표적 정보를 정확히 조준해야 했고, 그 외의 정보나 기능들에는 영향을 미치지 않도록 세심하게 제어해야 했다. 만약 조금이라도 설정이 잘못되어 다른 부분을 건드리면 큰일이었다. 그래서 한 시간씩 세 번의 텀을 두고 천천히 이루어졌다. 단순한 정보의 삭제는 보다 빠르게 진행할 수 있었지만 리수처럼 반복되는 행동 패턴을 교정하는 데는 더 복잡한 작업이 요구됐다.

우리는 기억삭제실 근처에서 잠복했다. 지금은 담당자가 삭제실 내부에 있었다. 벌써 작업을 시작한 건 아니겠지. 아직은 조사 중이라고 했으니 어쩌면 자잘한 기억들을 먼저 지우고 큰 것들은 나중에 한꺼번에 지우려는지도 몰랐다. 중요한 기억들이 조금이라도 사라지기 전에 리수를 만나고 싶었지만 담당자는 좀처럼 움직이질 않았다. 우린 기억삭제실 건너편 계단 아래에 숨어 저녁 식사 시간만을 기다렸다. 창 너머로 온통 흰 여백뿐인 운동장이 보였다. 저 텅 빈 공간처럼 무엇도 진심으로 품는 데 실패한 독재자는 이브의 강력한 얼굴을 만드는 리수를 마모시키려 들고 있었다. 무(無)의 공간 앞에서 리수의 색채와 향을 상기하려 애썼다.

정원이 잠시 사색에 빠진 내 어깨를 두드렸다.

"봤어? 방금 담당자가 나간 것 같아. 우리가 저쪽 창고에 숨어서 망을 볼 테니 어서 다녀와. 메신저로 꽃 이모티콘을 보내면 위험하다는 신호야. 마무리해야 되겠다 싶을 때 보낼게. 세 번째쯤엔 정말로 서둘러야 해."

정원과 수연은 밀회하는 연인처럼 서로의 손목을 붙든 채 건너편의 어둑한 창고로 들어갔다. 난 둘에게 감사 인사를 하고 기억삭제실로 다가갔다. 방은 이중문이었다. 첫 번째 문은 다행히도 잠겨 있지 않았다. 문을 밀고 들어가자 문 하나가 더 나왔다. 손잡이가 있어야 할 자리에 암호를 입력하는 커다란 패드가 붙어 있었다. 수집한 정보를 시험할 차례였다. 나는 그 위에 '1130LILACdeidentify'를 입력했다. 마른침이 넘어갔다. 곧바로 패드가 푸른 빛으로 빛났다. 성공이었다. 비명을 지르고 싶은 마음을 누르며 문을 밀었다. 가장 먼저 커다란 유리관이 보였다. 그리고 그 속에…… 눈을 감은 리수가 있었다.

수많은 전극이 리수에게 연결되어 있었다. 옆에는 생체머신과 연결된 모니터가 수정 중인 코드 목록을 뽑는 중이었다. 난 리수의 이름을 불렀다. 리수는 응답하지 않았다. 관 속에 가득한 기체형 마취제 탓에 리수는 식물로 뒤덮였던 얼굴을 드러낸 채 고요히 잠들어 있었다. 그 얼굴이 매끄러운 피부로 덮이며 사라지는 중이었다. 목덜미까지 나무로 변한 리수의 왼팔이 보였다. 백신 또한 작동 중이었다. 변화의 범위가 늘었다는 건 아직 교관들이 리스토어 기능을 눈치채고 제거하진 못했다는 증거였다. 모니터 앞으로 다가갔다. 화면을 판독해보니 관리자가 실행해놓고 간 작업의 3분의 1 정도가 진행되었음을 알 수 있었다. 우선 마취제를 제거하는 명령어를 추가했다. 손을 빠르게 놀리자 알람이 작게 울리며 기체 농도 수치가 서서히 줄었다. 나는 다시 나직하게 리수의 이름을 불렀다.

드디어 리수의 눈꺼풀이 조금씩 움직였다. 곧장 유리관을 개방하자 리수의 숨소리가 생생하게 들렸다. 그 애에게 손을 뻗어 뺨을 매만지자 속눈썹이 바르르 떨리더니 뒤이어 밝은 연보라색 눈동자가 드러났다. 약효가 가시지 않아 조금 흔들리는 시선이 마침내 나를 향했다. 몽롱한 의식 속에서 리수가 내 이름을 불렀다. 난 리수의 이마를 쓰다듬었다.

"어디까지 기억나?"

"반 정도. 시각적인 장면들이 드문드문 지워졌어. 하지만 그때의 청각이나 후각은 남아 있어. 그리고…… 그 사람이 찾아왔었어."

"독재자가?"

"응."

리수의 대답에 나는 큰 숨을 토했다. 독재자. 리수의 아버지. 파머의 말이 불현듯 떠올랐다. 그가 리수를 이용해서 무슨 일을 꾸미는 거라면, 사실 리수가 그를 위해 일하거나 조종당하는 중이라면. 끔찍한 가정이었다. 일찍부터 학교에 엄중한 경비가 세워진 건 그가 이곳에 와 있기 때문이었다. 이유는 단 하나였다. 해지 키를 가진 리수의 상태를 확인하기 위해. 리수는 나무로 변한 쪽의 팔을 흔들었다. 신경은 계속 살아 있었다.

"역시나 졸업식 때 임상 시험을 하겠다고 말하더라. 그리고 내 기억을 하얗게 세탁해 자기 뜻대로 부릴 거라고 했지. 이브의 얼굴 따위 아무 소용도 없게 될 거라나. 이 팔을 보더니 역정을 냈어. 이건 예상 못했겠지. 그의 성질을 돋우는 데엔 성공했어. 그는 나를 또 다른 틈에 가두겠다고 했어. 가상 필드를 이중으로 겹친 감옥을 만들면 그곳에 날 영원히 가둬둘 수 있다나 봐. 무한히 가동되는 온실에 갇힌 식물처럼."

가지 사이사이로 잎이 돋기 시작한 리수의 팔을 쓸었다. 독재자는 리수가 제멋대로 본모습을 드러내는 걸 탐탁지 않아 했다. 물론 지금의 변화는 백신 부작용 때문이었지만 그는 다르게 생각했을 것이었다. 리수가 자신의 통제를 어긴다고 여겼겠지. 대책이 필요했다. 이렇게 생각함과 동시에 다시 모니터 앞으로 가 앉았다. 일단은 지금 제거되고 있는 리수의 기억을 보존해야 했다. 일 년 치 기억이 몽땅 사라진 상태에서 백신이 작동하면 리수는 라일락 나무로 완전히 변해버릴지도 몰랐다. 나는 빠르게 코드를 살폈다. 리수의 기억을 제거하도록 예약해둔 명령어들이 있었다. 그것들을 하나씩 해지하기 시작했다. 리수는 코드를 수정하는 나를 가만히 지켜보았다. 리수는 한참이나 말이 없었다. 교관이 돌아오기 전까지 작업을 마쳐야 하니 나도 다른 것을 신경 쓸 겨를이 없었다. 침묵 속에서 코드들을 복원하는 데 집중했다. 얼마 후 리수가 고요를 깨고 넌지시 말을 던졌다.

"그 사람이 만든 열성 조건 목록, 거기에 재능을 빛내는 여자애는 당연히 포함돼. 자신보다 더 뛰어난 예술을 하는 여자애들 말이야. 남자보다 여자를 더 사랑하는 여자애도 물론이고. 은수, 넌 알고 있었겠지. 내가 그 사람의 딸이라는 걸."

난 대답하지 않았다. 그저 묵묵히 리수의 코드들을 복구했다. 돌연변이로 태어나 그 아비에게 저항한 여자아이. 동시에 스스로를 지독하게 싫어한 여자아이. 어떤 이들은 두려울수록 상대를 억압하려 든다. 그가 자신의 딸을 얼마나 두려워했는지 문득 실감했다. 군건한 장벽에 둘러싸여 1년 내내 매서운 추위와 싸우는 학교, 그건 리수를 향한 독재자의 열등감이었다. 리수는 내가 코드를 수정하는 동안 유언처럼 자신의 이야기를 했다.

"그 사람……, 내 아버지의 어릴 적 꿈은 사실 예

술가였어. 그런데 그거 알아? 그는 사람의 얼굴을 그리지 못해. 단 한 번도 형태를 제대로 갖춘 얼굴을 그리지 못했지. 실력의 문제는 아니었어. 건물이나 풍경은 곧잘 그렸거든. 그의 결함은…… 사람을 독해하지 못한다는 거였어. 얼굴을 마음속에 그리는 능력이 존재하지 않는 거야. 그 사람의 집무실에 걸려 있던 흰 가면……. 그게 그가 떠올릴 수 있는 가능성의 전부야. 그런 사람이니 내가 꽃의 얼굴을 만들자 분노할 수밖에. 기형으로 태어난 아이가 자신보다 정교한 얼굴을 만드는 걸 견딜 수 없었겠지."

결국 그는 리수를 조작하려 했다. 리수의 얼굴을 인형처럼 매끄러운 피부로 덮고, 이브를 만들지 못하도록 얼음처럼 차가운 학교에 가두었다. 이젠 어떤 차원에도 속하지 않는 감옥에 가두려 하고 있었다. 흰 여백 외엔 무엇도 상상할 수 없도록 많은 것을 빼앗으려 했다. 예술을 만드는 사랑과 기억마저도. 하지만 리수는 끊임없이 본모습을 되찾고 이브를 만들어냈다. 자신을 뜯고 죽이려는 수많은 균과 병충해를 버티고서야 피어나는 게 꽃인 것처럼. 고개를 떨군 리수가 중얼거렸다.

"사랑은 한 사람 때문에 다른 세계를 죄다 버릴 수도 있지만, 그 사람 때문에 그가 속한 세계 전부를 구하고 싶어지는 것이기도 해. 넌 내가 누군지 알고서도 아무 말도 하지 않았지. 그저 곁에 있어주면서, 여기까지 구하러 오면서. 내가 너에게 얼마나 큰 잘못을 했는데, 평생을 갚아도 모자란데……."

리수의 고백에 나는 흔들리지 않으려 애썼다. 리수는 마치 마지막을 앞둔 사람처럼 힘없이 말을 이었다. 나는 유언 같은 리수의 말을 무시하며 코드들을 계속 수정했다. 바로 그때, 이질적인 코드 하나가 눈에 띄었다. 리수의 심장 부근에 숨겨진 코드였다.

익숙한 코드였다. 인위적으로 깨어진 어머니의 코드. 이게 리수 안에 있었다고? 순간 깨달았다. 이 코드는 분명 이전엔 보이지 않았었다. 백신이 되살렸다.

누군가 이걸 리수 안에도 설치했고, 지웠고, 새롭게 되살아났다. 난 말하는 리수를 뒤로하고 코드를 해지하는 암호 창을 열었다. 찾아두었던 플로리오그라피 문장을 순서대로 적어 넣었다. 그러나 코드는 열리지 않았다. 순간 머릿속에 다른 가능성이 지나갔다. 안개꽃과 팬지 외에도 코드를 구성하는 라일락 꽃. 그 꽃이 우리에게 의미하는 것.

불멸하는 사랑.

그 문구를 적어 넣자 새로운 파일이 튀어나왔다. 그간 찾아내지 못했던 내용이었다.

> ✽
>
> 해지 키를 실행하지 않겠다. 리수를 도구로 사람들을 해방한다면 독재자의 방식이 전수될 뿐이다. 그가 저지른 학대와 다른 바 없는 방법만이 답은 아니다. 필사적으로 찾는다면 새로운 해결책이 나타날 것이다. 부디 신이 시간을 조금만 더 허락해주길.
>
> 리수를 보면 은수가 생각난다. 신의 선택으로 빛나던 그 아이의 얼굴에 얼마나 많은 키스를 퍼부었던지.

그 기억이 이곳에서의 나를 지킨다. 은수를 사랑하는 만큼 리수를 저버릴 수 없다.

라일락코드의 해지 키는 리수의 죽음이다. 이 사실을 영원히 은폐시키고 싶다.

자신을 파괴하지 않는 방식으로 살아가겠다 약속한 그 아이의 희망이 무너지지 않기를. 바깥에선 해마다 라일락 나무들이 죽지 않고 꽃을 피운다. 지구를 진화시키는 건 수천 종의 돌연변이다. 천 년 동안 묻혀 있다가도 어느샌가 발아하는 게 식물이다.

독재자의 겨울보다 아이들의 생명력을 믿는다.
우성도 열성도 아닌 그 너머의 존재들이 승리할 것을 믿는다.

자동 폐기 등록 일자 : 20○○. 11. 30. 13:00

은주

어머니가 진실을 알고도 드러내지 않은 이유가 비로소 이해되었다. 라일락코드의 해지 키는 리수의 죽음이었다. 리수가 죽어야 라일락코드가 말소된다. 제 자식의 생명까지 담보로 삼아 욕망을 실현하려 했던 독재자에게 치가 떨렸다. 동시에 어머니가 무수히 그리웠다. 어머니는 리수 본인에게조차 진실을 알리지 못했다. 혹여나 이 사실을 알게 된다면 리수가 스스로 목숨을 끊을 테니. 그 애라면 그러고도 남았다. 리수 한 명을 희생시키면 많은 이를 살릴 수 있다고 믿는 이가 리수를 노릴지도 몰랐다. 그래서 어머니는 라일락코드의 진실을 영원히 가슴속에 묻기로 결정했을 것이다.

어머니가 리수를 볼 때 나를 떠올린 이유를 알 것 같았다. 리수는 나를 닮았고, 나도 리수를 닮았다. 우린 이브를 닮았다. 신의 얼굴을 가졌다. 그랬기에 오직 자신만의 잣대로 우릴 억압하려 드는 독재자에게 맞섰다. 그걸 알기에 어머니는 우릴 신의 선물이라고 불렀고 리수를 남겨두었다. 리수는 어머니에게 자신을 파괴하지 않는 방식으로 살아가겠다고 약속했다. 언젠가 아이들이 척박한 겨울이 아니라 풍성한 꽃의 계절에 살 때까지, 인고의 시간 끝에 자신다운 계절을 되찾을 때까지. 죽음은 인간에게 무엇도 가르쳐주지 않는다. 무엇도 약속하지 않는다. 그 너머에 평안이 있는지 지옥이 있는지 증명된 바 없다. 그리하여 리수가 선택할 수 있는 건 삶과 이브의 얼굴뿐이었다. 어머니가 건넨 사랑 덕분에 리수는 겨울을 견뎠다. 찢기고, 부서지고, 뜯겨도 식물은 계속 자라나니까.

코드 안에 숨겨진 기록이 마지막으로 하나 더 있었다. 그건 어머니의 것이 아니었다.

리수가 스스로 기록한 진실이었다.

✿

"은수가 보고 싶어."

그 소원을 들어주는 게 선생님을 살리는 거라 생각했어요. 선생님의 은수가 아닌 내가 살아남는 게 맞는 건지 몇 번이나 자문했어요. 내게 그럴 만한 가치가 있을까……. 믿을 수 없었죠. 선생님은 저를 다른 방식으로 사랑한다고 말씀하셨지만 경솔하게도 전 그 사랑을 믿지 않았어요. 만약 은수가 이곳에 온다면 당신은 과연 그때도 내게 사랑한다고 똑같이 말씀하실까.

정말로 새 입학생 목록에 은수가 있었어요. 은수도 당신을 보기 위해 이곳으로 왔다는 생각이 든 순간 이 사실을 알려야 한단 걸 알았어요. 은수가 왔다고, 당신의 사랑인 은수가 올 거라고…… 말해야 했어요.

그런데…… 기억삭제실 앞에서 발이 움직이질 않았어요.

당신의 사랑과 시선이 그 아이에게로 향하는 게 싫었어요.

제 사랑은 당신의 것과 다르다고 말씀드렸잖아요. 죄송해요. 정말로 죄송해요.

이 치졸한 욕망 때문에 결국 은수의 이름을 삼킨 채 발을 돌린 날 깨달았어요. 내 안에도 당신을 소유하려는 욕망이 있었다는 걸, 나를 통제하고 구속하려 했던 독재자와 같은 본능이 뿌리내리고 있었다는 걸.

그날 결국 표정 없는 이브가 나타나고 말았어요.

증오스러운 핏줄을 타고난 괴물이 만든 얼굴. 통제와 집착으로 점철된 얼굴, 사랑하는 사람의 얼굴을 반영하기보다 그저 얼어붙어버리기만 한 물질의 얼굴……

공포로 폭주하는 동안은 머리가 새하얬어요. 무엇도 기억나지 않아요. 오직…… 부서지는 세계 사이로 나를 끌어안던 선생님의 얼굴만이 틈 속에서 등장했죠.

"제가 죽도록 놔두세요. 제가 사라지면 선생님은 은수를 만나러 갈 수 있어요. 전 제 근원을 벗어날 수 없어요. 그럴 바엔 사라지는 게 선생님을 위하는 길이에요. 은수가 곧 잡혀 들어와요. 두 사람이 이런 곳에 갇히도록 둘 수 없어요. 은수를 만나면 함께 떠나세요. 제발 절 두고 가세요."

"네가 무언가 잘못 알고 있어. 은수는 그자의 방식으로는 잡혀 오지 않아. 그 애는 독재자가 아닌 신의 선택을 따르는 아이니까. 저 얼굴은 비정한 겨울의 얼굴이 아니야. 무엇이든 될 수 있는 가능성의 캔버스지. 지금 내가 널 살리면, 너도 누가 되었든 더 많이 살리겠다고 약속해. 그게 네게 깃든 라일락 꽃의 마법이니, 언젠가 은수를 만난다면 그 애의 계절을 되돌려주렴. 그건 내가 아닌 너만이 할 수 있는 일이야. 라일락코드를 해지하는 건 너만이 가능해."

우리의 대화를 전부 기억해요.
모두가 나를 끌어안은 당신을 보았고, 당신이 내 기억을 하나도 지우지 않았다는 걸 알았죠. 선생님, 참 우스운 건 내가 발견했던 은수는 선생님의 은수와는 다른 아이였다는 거예요. 이름만 같을 뿐이었어요. 선생님 말대로 당신의 은수는 독재자의 방식으로는 잡혀 오지 않는데…… 당신의 아이라면 절대로 그의 마음대로 되지 않을 텐데…….

이 기록을 깨뜨려 제 안에 저장할게요. 다섯 잎 라일락으로만 열 수 있도록. 그가 파괴할 수 없도록. 지울 수 없도록. 오직 사랑의 언어로만 읽을 수 있도록. 그게 있는 한 저는 죽지 않을 거예요. 계속 부활해 사랑의 얼굴을 만들 거예요. 약속할게요.

이브의 얼굴은 이제 선생님의 얼굴을 닮았어요. 언젠가 은수를 만난다면 그 아이만은 이 얼굴을 알아보겠죠. 당신이 절 살린 만큼 저도 그 아이를 살리겠어요. 그게 진정으로 당신의 사랑에 보답하는 길이라는 걸 이제야 이해해요.

선생님, 당신이 저의 계절이셨어요.

리수

리수와 어머니 사이에서 있었던 모든 일을 알았다. 리수는 어머니의 기록을 자기 안에 새기고 교관들이 찾지 못하도록 오류를 만들었다. 이 코드가 작동할 때 발생하는 정서적 기억이 이브를 유지시켰다. 내가 사랑한 이브의 얼굴을 떠올렸다. 그래, 그건 분명 어머니를 닮았다. 그래서 리수와 나는 모두 이브를 사랑했고 깊게 끌렸다. 그리고 이젠 우리 안에 깃든 이브의 사랑이 역할을 개시할 차례였다. 리수가 학교를 부수고, 내가 리수를 구하러 온 것처럼. 옆을 돌아보자 리수는 눈을 감은 채 가만히 작업이 끝나기를 기다리고 있었다. 기척을 느낀 리수가 작게 중얼거렸다.

"고마워."

난 다시 모니터를 뚫어져라 들여다보았다. 이대로

리수를 일상으로 돌려보낸다 해도 해결되는 건 없었다. 더 이상 학교 안에 안전한 곳은 없었으니까. 모두가 독재자의 손아귀에 들어갔다. 그렇다면 방법은 한 가지뿐이었다. 그걸 실행할 방법을 궁리하고 있는데 리수가 다시 풀 죽은 목소리로 입을 뗐다.

"……이제 그만해도 될 것 같아, 은수."

"무슨 소리야."

"지금 기억을 다 복구해놓더라도 어차피 졸업식 전까지 그들은 계속 내 기억을 지울 거야. 통째로 의식을 들어내겠지. 그가 필요로 하는 건 내 생체코드이지 생각과 감정, 의식이나 가치관이 아니니까. 차라리…… 차라리 가능한 모든 부분에 백신을 설치해줄래?"

"그건 너무 위험해."

"이러나저러나 식물이 되는 건 마찬가지잖아. 기억이 죄다 지워져 틈 속에서 식물인간처럼 살 바엔 조금이라도 다른 길을 찾아보겠어. 어차피 난 식물의 얼굴을 가지고 태어났으니 라일락 나무로 변한다고 해도 괴롭지 않을 것 같아. 다시 돌연변이로 돌아갈 뿐이야. 내내 외롭던 날들로……. 조용히 숨죽여 지내면 되는 날들로……. 너와 선생님은 절대로 잊지 않을게. 널 살리고 싶어. 내가 바라왔던 일보다…… 널 살리는 게 더 중요해. 이런 감정이 드는 게 진짜 사랑이구나. 고마워, 내 삶은 이걸로 충분해."

— ❀

 메신저에 알림이 왔다. 수연이 보낸 것이었다. 교관이 돌아올 시간이 되어간다는 신호였다. 시간이 없었다. 결단을 내려야 했다. 어머니는 리수를 살리고 싶어 했다. 나도 마찬가지다. 독재자의 방식으로 리수가 소멸하도록 두고 싶지 않았다. 난 입술을 깨물었다. 리수는 애절한 목소리로 부탁했다. 하지만 그 부탁을 들어줄 수 없었다. 나에겐 최후의 수단으로 남겨둔 방법이 딱 하나 남아 있었으니까. 어차피 이판사판이었다. 지금 이 순간, 리수가 독재자에게 조종당하는 인형이 아니라 차라리 식물이 되더라도 사랑을 간직하려 하는 존재라는 걸 확신한 순간, 난 리수를 이 모든 곳에서 탈출시키리라 결심했다. 그러기 위해선 나도 지금까지 숨겼던 비밀을 공개해야 했다.

 이 학교에 와서 한 번도 빼지 않은 귓가의 기계를 만졌다. 리수 앞으로 다가서자 그 애는 천천히 고개를 들었다. 눈시울이 붉었다. 그 애의 보석 같은 눈동자가 눈물로 반짝이는 걸 들여다보며 나는 머리카락으로 가려뒀던 귓등의 초소형 기계를 건드렸다. 리수는 내 얼굴을 찬찬히 살폈다. 마지막으로 기억에 각인시키려는 것처럼. 그런 리수의 눈앞에서 기계를 벗어냈다. 리수도 잘 아는 종류의 기계였다. 거짓 얼굴을 만드는 가상 필드 기계.

생소한 촉감이 느껴졌다. 뺨을 타고 시원한 해방감이 찾아왔다. 난 기계를 완전히 종료했다. 유리관 표면에 변화하는 나의 모습과 놀란 리수의 표정이 겹쳤다. 어머니는 변한 리수를 보고 당황하거나 혐오하지 않았을 터였다. 나도 마찬가지였다. 그분은 줄곧 내 얼굴에 신이 깃들었다고 말해주셨으니까. 덕분에 나는 스스로를 증오하지 않을 수 있었다. 버석거리는 가지들이 엉키고 작은 꽃망울들로 뒤덮인 또 하나의 이브가 드러났다.

돌연변이는 리수만이 아니었다.

나도 돌연변이였다. 신이 선택한 식물의 얼굴을 가진 돌연변이.

반절이 식물로 뒤덮인 이 얼굴이 내 진짜 모습이

었다. 라일락칩을 설치할 수 없었던 이유는 바로 내가 다른 이들과 달리 별난 생체코드를 소유했기 때문이었다. 돌연변이 생체코드에 일반적인 라일락칩 코드는 먹히지 않았다. 그래서 이 학교에선 가상 필드를 국소 부위에 덮어 내내 가면처럼 위장하고 지냈다. 뺨을 쓸자 얼굴의 식물들이 꿈틀거리는 게 느껴졌다. 마비되어 있던 겨울 속 얼굴에선 느낄 수 없던 감각이었다. 촉촉하고 부드러우며 싱그러운 향이 나는 뺨……. 오래전, 나도 리수처럼 내 얼굴을 낯설어하는 이들의 반응에 스스로를 깎아내린 적이 있었다. 그때마다 어머니는 날 어루만지며 라일락 꽃의 전설을 말하셨다.

넌 사랑을 이루는 약속과 용기로 가득 차 있어. 네 얼굴에 다섯 잎 라일락이 피는 게 그 증거란다.

그 후론 한 번도 내 본질을 미워한 적이 없었다. 어머니는 리수도 그러기를 바랐을 것이다. 우리가 가진 빈자리에 신이 깃들기를. 리수의 눈에서 눈물방울이 떨어졌다. 난 리수에게 가까이 다가가 나를 쓰다듬도록 했다. 리수는 떨리는 손가락으로 뺨을 건드렸다. 나뭇가지로 뒤덮인 콧등과 잎과 봉오리들이 자리한 귓불을 천천히 만졌다. 리수는 더 이상 외로울 필요가 없었다. 자신과 같은 얼굴을 가진 내가 눈앞에 있었으니까. 이브가 겨울 학교에서의 내 고독을 덜어주었듯 이젠 내가 리수를 도울 차례였다.

"이브의 얼굴을 만드는 코드를 알려줘. 그리고 지금 당장 틈을 만들어. 내 기계를 함께 사용하면 유지 시간이 길어질 거야. 그 사이로 탈출해. 내게도 돌연변이 코드가 있어. 그것과 혼합해 반응을 일으키면 그들이 쉽게 인지하지 못할 거야. 같이 혼돈을 일으키자."

"하지만 네가 들키면 어떡하려고."

"괜찮아. 학교에 또 한 명의 돌연변이가 있다는 걸 누가 상상이나 하겠어. 게다가 여기서 제일가는 모범생을 의심하진 않겠지. 난 임무 때문에 여길 바로 떠날 수 없어. 넌 달라. 그 사람은 네 영혼을 빼앗을 거야. 그러니 탈출해. 나가서 끝까지 살아남는다면…… 더 많은 삶을 구할 수 있을 거야. 넌 이브니까."

리수의 입술이 바르르 떨렸다. 그 입가에 기억을 되돌리던 때처럼 키스하고 싶었지만 여유가 없었다.

"이곳을 나가면 파머를 찾아. 어머니와 내 임무를 도와주시는 분이야. 파머도…… 우리의 얼굴을 알아.

여길 나가도 년 혼자가 아니라는 뜻이야. 어머니의 말버릇이었어. 결국 세상이 굴러가도록 진화를 일으키는 건 돌연변이들이라고. 그게 바로 신의 뜻이라고."

리수는 다시 한번 뇌리에 새기려는 듯 나의 얼굴을 쓰다듬었다. 이윽고 리수는 기계에 손을 대곤 고개를 숙였다. 떨리는 어깨로 몇 번 입술을 달싹이다 기계를 작동시켜달라고 부탁했다. 난 리수와 나의 기계를 연동했다. 이브의 가상 필드 코드를 다운로드한 후, 리수의 설명을 따라 이브의 얼굴을 펼치는 코드를 실행했다. 이를 악물고 실수하지 않도록 정신을 집중했다.

— ✿
— ✿

그때 경고음이 한 번 더 울렸다. 꽃 세 송이가 쌓이기 전까지 무조건 기억삭제실을 떠나야 했다. 생체 머신을 작동시켜 리수의 본모습을 드러냈다. 동시에 이브의 필드를 작동시켰다. 유리관 뒤쪽의 기억삭제실 벽이 녹아내렸다. 깨진 가상 필드 뒤로 울창한 숲이 펼쳐졌다. 군데군데 붉은 단풍이 물든 곳이었다. 차가운 눈바람이 아닌 시원하고 청량한 공기가 가득했다. 높은 하늘에서 눈부신 햇살이 베일처럼 드리워지는 틈의 경계로 리수를 떠밀었다. 리수가 오른발로 흙을 디뎠다. 이별의 말을 나눌 시간도 없었다. 교관에게 들키면 모든 게 끝장이었으니까. 리수는 왼발을 경계 바깥으로 내딛기 직전에 나를 돌아보았다.

"어서 가."

내 재촉에도 리수는 팔을 뻗어 내 목을 끌어당긴 후 식물로 뒤덮인 입가에 키스했다. 생명의 향기들이 뒤섞였다. 리수가 속삭였다.

"구하러 올게. 졸업식 전까지 널 꼭 데리러 올게."

그 약속이 지켜질 가능성은 희박했다. 그러나 리수가 약속을 해준 것만으로도 좋았다. 영원한 이별을 예감하고서라도 리수를 자유의 틈 속으로 보내는 게 나의 용기였다. 리수가 누구를, 무엇을 사랑했든 상관없었다. 나에겐 리수의 삶이 가장 중요했다. 작은 욕심을 부리자면 약속한 대로 리수가 나를 기억해주길 바랐다. 그거면 족했다. 리수가 날 계속 떠올린다면 식물의 얼굴을 가진 내 삶도 영속할 테니. 난 리수의 등을 밀었다. 그 애가 완전히 학교 바깥으로 빠져나간 걸 확인하고 곧바로 기계를 껐다. 틈이 닫혀 서로가 보이지 않게 되기까지는 1초도 안 걸렸다. 식물의 얼굴이 꿈틀거렸다. 아, 이 얼굴이라면 웃을 수 있었는데. 리수에게 처음으로 진짜 미소를 보여줄 수 있었는데. 마지막에 웃어주지 못한 게 아쉬웠다. 하지만 감정을 곱씹을 여유가 없었다. 다시 가상 필드 기계를 귀에 착용하곤 무표정한 모범생의 가면을 뒤집어썼다. 생체머신에 모든 자료를 폭파하라는 명령어를 입력한 뒤 시간을 확인하자마자 새 알림이 울렸다.

— ✿
— ✿
— ✿

세 번째 꽃이 도착하자마자 바깥에서 발소리가 들렸다. 이젠 진짜로 도망쳐야 했다. 곧바로 기억삭제실을 뛰쳐나왔다. 나오자마자 정면에 커다란 배전함이 보였다. 손끝으로 입구를 연 후 안쪽으로 몸을 구겨 넣었다. 퀴퀴한 곰팡내가 코를 찔렀지만 견뎌야 했었다. 간발의 차로 저녁 식사를 마치고 삭제실 쪽으로 걸어가는 교관의 발이 살짝 열린 문틈으로 보였다. 곧이어 그가 암호를 누르고 삭제실로 들어가는 소리가 들렸다. 정확히 10초를 센 후 배전함을 빠져나와 수연과 정원이 숨은 창고로 뛰어들어갔다.

"왜 이렇게 오래 걸렸어! 하마터면 들킬 뻔했잖아."

"리수는 어딨어?"

정원과 수연이 타박했다. 둘은 창백한 얼굴이었다. 내가 정말 아슬아슬한 타이밍에 나온 모양이었다. 난 목소리를 낮추어 속삭였다.

"리수는 이제 학교에 없어. 나중에 부탁 하나만 더 할게."

"어떻게 된 일이야?"

"낙원의 구호처럼 졸업식을 맞자. 우리 모두 이브가 되자는 말이야. 일단 여길 빠져나간 후 설명해줄게."

얼마 후 절망에 찬 담당자의 외침이 들렸다. 그가 비상 상황임을 알리러 삭제실 밖으로 뛰쳐나옴과 동시에 우리 셋도 기숙사로 내달렸다. 담벼락을 따라 군인들이 몰려드는 모습이 보였다. 우린 그들의 눈을 피해 방향을 꺾은 후 운동장을 가로질러 세 갈래로 나뉘어 도망쳤다. 나는 식당을 한 바퀴 돌아 기숙사에 도착해 갑작스레 울린 비상 알람에 우왕좌왕하는 아이들 사이로 몸을 숨겼다. 교관들은 나를 발견하지 못했다. 동태를 살피다 한참 뒤에 방에 돌아와서야 리수의 빈자리가 실감이 났다. 리수는 돌아오지 않는다.

우리가 영영 보지 못해야만 좋은 일이다. 리수는 어머니를 그리워하는 만큼 나도 그리워할까. 떨쳐냈다고 믿었던 얄궂은 생각이었다. 방 안엔 기억 속 라일락의 잔향만이 남았다. 환기를 시키려 연 창밖에 더 이상 리수의 발자국은 없었다.

13

리수의 실종으로 학교가 뒤집혔다. 책임자들이 줄줄이 징계를 받고 사라졌다. 새로운 교관들이 나타나 더욱 심각한 얼굴로 돌아다녔다. 졸업식을 며칠 앞두고 학교는 혼란의 도가니에 빠졌다. 아이들 사이에선 학교를 탈출할 방법이 있다는 소문이 돌았다. 군인들이 학교를 둘러쌌음에도 꽃의 행진은 더 자주 일어났다. 아이들은 기억삭제실에 끌려가더라도 신체 어딘가가 식물로 변하니 이브 같아져서 좋다고 자찬했다. 우린 여전히 이브를 사랑했고, 독재자의 정책은 완전히 실패했다. 신체가 변하지 않은 아이는 나를 포함한 셋뿐이었다. 대부분의 학생이 백신을 설치했단 뜻이었다. 아이들은 저마다 식물이 잔뜩 붙은 얼굴로 보란 듯이 학교를 배회했다.

"주동자를 찾으려면 진작에 우릴 잡았어야지."

이젠 정원이 목소리를 낮추지도 않고 킬킬거렸다.

곁에서 가상 필드를 디자인하던 수연도 옅게 미소 지었다. 지난 사건 이후 꽤 친밀해진 우리는 아이들의 사기를 북돋고 교관들의 혼란을 지속시킬 방법을 도모했다. 셋이 힘을 합치면 다양한 작전을 짤 수 있었다.

"이번엔 이런 얼굴 어때."

수연이 도안을 보여주었다. 리수가 만들던 이브의 얼굴보다는 단순하지만 조화롭고 색감이 아름다운 디자인이었다. 꽃말은 '기억'. 나는 무표정으로 수연에게 엄지를 치켜들었다. 슬쩍 그 얼굴이 정원을 닮았다고 말하자 수연은 뺨을 붉혔다. 정원은 플로리오그라피로 이게 다음 이브의 얼굴이라는 것과 행진 일정을 낙원에 공지했다.

교관들은 분명 리수가 이브라는 걸 알고 있었다. 애초에 리수를 가두기 위한 학교였으니까. 그러나 리수가 사라진 후에도 계속 이브가 등장한다면 리수의 거처를 파악하기가 더 어려우리라. 그래서 정원과 수연은 날 도와 이브를 등장시켰다. 수연이 가상 필드 디자인을 맡고, 정원이 기계를 설치하면 내가 코드를 만들어 구동시켰다. 아이들의 행진도 한몫했다. 행진에 참여하는 아이들은 스스로를 이브라고 칭했다. 꽃이 종자를 퍼뜨리는 것처럼 이브는 증식했다.

도처에서 이브가 등장하니 독재자의 동태도 달라졌다. 학교 주변에 수백 명에 달하는 수색대를 배치하고 전국에 수배령을 내렸다. 교내에는 리수가 숨을 만한 곳이나 단서를 제보하면 상점을 두 배로 준다는 공고가 나붙었다. 그가 얼마나 다급한지 알 수 있었다. 내게도 교관들이 찾아와 질문을 퍼부었다. 그때마다 거짓 정보를 제공하고 상점을 얻었다. 그렇게 난 우수 졸업생 명단에 들었다. 아이들의 데이터도 거의 다 반출해뒀으니 수사에 혼선을 주며 졸업식만 기다리면 됐다. 부디 운명의 신이 우리 손을 들어주길 기도했다.

─리수를 만났어.

파머에게서 연락이 왔다. 그제야 나는 가슴을 쓸어내렸다. 리수가 무사하다. 그 소식은 내가 이 감옥에서 계속 분투할 이유가 되어주었다. 파머는 나와 리수가 연락하도록 가상 필드 기계를 통해 간단히 문자를 전송할 수 있는 시스템을 마련했다.

─ ✿

리수가 보낸 메시지였다. 하루 한 번, 그 메시지가

닿을 때마다 살아가는 이유를 되새겼다. 리수를 생각하는 마음이 나를 채울 때 숨을 쉬고, 밥을 먹고, 움직이고, 생각하고, 감각하는 모든 행위에 감사하게 됐다. 리수는 하루도 거르지 않고 라일락을 보냈다. 이 생의 신호만이 날 버티게 했다. 이렇게 작은 증명만으로 사람은 지옥을 견딘다. 리수가 나를 기억하고, 내가 리수를 기억한다는 사실만으로.

○

졸업식을 앞둔 학교에 거센 눈 폭풍이 몰아쳤다. 아이들을 꼼짝도 못하게 하는 장치였다. 무릎까지 눈이 쌓여 외출이 쉽지 않았고 설령 움직인다 하더라도 길을 잃기 십상이었다.

나흘간 리수의 꽃이 끊겼다. 속이 새카맣게 타들어갔다. 무슨 일인지 파머에게 연락을 해봤지만 그쪽에서도 묵묵부답이었다. 혹시 몰라 데이터 반출 작업도 중지했다. 불길한 일이 생긴 게 틀림없었다. 역으로 이쪽이 추적당할지도 몰랐다. 상황을 자세히 파악하기 전까지 어떤 행동도 취할 수 없었다. 손발이 묶인 채 하루 종일 가상 필드 기계만 바라보았다. 리수에게서 다시 메시지가 오길, 무사하다는 표식이 오길. 설상가상으로 정원과 수연을 통해 주기적으로 확인하는 라일락코드는 매번 늘고 있었다. 파머가 아이들의 데이터를 부지런히 백업해둬야 하는데. 그와도 연락이 되지 않으니 미칠 노릇이었다. 백신에만 의지해야 하는 걸까? 하지만 리스토어 기능으로는 라일락코드를 완전히 막을 수 없었다. 기억삭제의 효력이 강하면 강할수록 부작용도 거셌으니까. 시간이 갈수록 초조함이 커졌다.

 닷새째 밤. 리수도, 파머도 아닌 다른 해커로부터 메시지가 왔다.

 ―파머가 구속됐어.

 절망적인 소식이었다. 더 이상 시간이 없는데……. 앞으로 어떤 지령도 받을 수 없게 됐다. 이미 독재자가 파머의 근거지도 수색했을 터였다. 그렇다면 모든 관련자가 위험했다. 리수는 어떻게 됐을까? 그러나 내가 질문했을 땐 소식을 알린 해커조차 학교와 연관된 모든 흔적을 지우고 자취를 감춘 상태였다. 보안을 위해선 그래야만 했다. 난 머리를 쥐어뜯었다. 냉정하게 생각을 정리하기가 쉽지 않았다. 졸업식은 맞이해야 했다. 그게 당초 구상한 최선의 해법이었으니까. 일단 생체코드관리국 취업자 명단에 들어 졸업한다면 다음 해답이 떠오를지도 몰랐다. 그때까지 버텨야만 했다. 하지만 파머조차 당한 이상, 언제까지 안전할 수 있을까?

종종 새로운 파머로부터 듣는 바깥 상황은 나날이 심각해졌다. 생체코드관리국 1지부의 데이터를 탈환해 독재자의 권한을 지우려던 해커들이 붙잡혔다. 독재자는 더 많은 정부 기관을 자신의 손아귀에 넣었다. 통신망을 마비시킨 후 직속 부대를 보내 다량의 코드 조작을 시도했다. 속수무책으로 비보를 마주하던 날들을 지나 어느새 졸업식은 하루 앞으로 다가왔.

날치기 법안 하나가 새로 발표되었다.

"실패작들은 다시 시작하면 됩니다."

라일락코드 시행법이었다. 독재자는 법안의 첫 실행지를 소녀원이라 발표했다. 독재자는 이 법안이 소녀원 아이들을 갱생시킬 유일한 방법이며 인류의 진화를 위해 필수적이라 공표했다. 우린 그가 완전히 미쳤다고 생각했다. 그러나 국가는 그 미친 자의 말에 따라 돌아갔다. 그의 곁에 정상적인 사고를 하는 어른은 여전히 한 명도 없는 모양이었다. 우리의 졸업식이, 그리고 라일락코드의 임상 시험이 전국으로 생중계될 예정이었다. 학교는 죽음처럼 조용했다. 폭풍 전야의 운동장엔 여전히 눈보라가 세찼고, 아이들의 얼굴에서 풍기는 식물 냄새만이 복도에 감돌았다.

"······마지막 이브의 얼굴을 만들자."

정원, 수연과 나는 머리를 맞댔다. 암담한 상황 속에서 우리가 할 수 있는 일은 투쟁뿐이었다. 이 얼굴을 만드는 일만은 멈추지 않으리라. 식물은 비명을 지를수록 더욱 진한 향을 풍겼다. 목이 꺾여도 아름다운 기운을 발산했다. 그러니 이브의 얼굴만큼은 계속 만들어야 했다. 후퇴란 없었다. 그것만이 오직 겨울과 싸울 방법이었다. 저마다의 각오를 품고 우리는 졸업식에 당도했다.

○

11월 30일.

교관이 다가와 내게 빈 가지 모양 브로치를 달았

다. 감정을 마비시키는 데 성공한 우수 졸업생에게 주어지는 징표였다. 난 주변을 둘러보았다. 브로치를 단 사람은 나와 다른 두 명뿐이었다. 그 외엔 모두 임상시험 대상자였다. 우린 교관들의 명령에 따라 단상 뒤편에 의자를 놓고 앉았다. 다른 아이들은 아래쪽에 줄지어 앉아 있었다. 허연 교복을 반듯하게 차려입고 독재자가 올라오기를 기다리는 동안 목이 탔다. 모든 절망을 만든 역겨운 자의 얼굴을 곧 마주한다고 생각하자 팔이 저렸다. 하지만 티를 내선 안 됐다. 군인들의 감시를 받는 촬영기사들이 단상 쪽으로 렌즈를 조정했다. 독재자가 연설할 곳이었다.

식의 시작을 알리는 나팔 소리가 울렸다. 독재자가 경호를 받으며 나타났다. 나는 드디어…… 그의 얼굴을 목격했다. 삭막한 철제 의자에 앉은 아이들을 뒤로한 그가 연단에 올랐다. 가까이에서 본 그는 지극히 평범한 인상이었다. 말투도 아둔했고 언론에서 칭송하는 카리스마 따윈 전혀 느껴지지 않았다. 그의 잔인한 힘은 그 자신만의 것이 아니었다. 혹자들이 의탁한 욕심이었다. 그가 리수와 피로 맺어져 있다는 게 믿기지 않았다. 그의 눈동자는 오염된 강물처럼 탁했고,

제 탐욕을 채우는 행위에 어떤 죄책감도 느끼지 않는 무딘 인상이었다. 손톱 아래를 강하게 눌렀다. 그러지 않으면 금방이라도 뛰쳐나가 그의 목을 조를 것 같았다. 난 단상 아래의 아이들에게로 시선을 돌렸다.

그런데 아이들의 눈이 평소와 달랐다. 마치 안개로 가려진 듯 흐리멍덩한 눈동자가 즐비했다. 평소처럼 꽃의 행진을 일으키거나 소란을 피울 법도 한데 아이들은 껍데기만 남은 인형처럼 그 어떤 저항에의 의지도 기미도 없이 조용히 앉아만 있었다. 소름이 끼쳤다. 라일락코드의 실험을 위해 벌써 약물이나 마취제를 풀었구나. 미동 없는 모습들을 마주하자 피가 식는 기분이었다. 어금니를 깨문 채 기를 쓰고 버텼다. 이곳을 나가기 전까지는 흔들리면 안 된다. 모든 걸 제대로 연기해야 한다.

독재자가 손을 들어 이목을 집중시켰다. 그가 축사를 시작했다. 아니, 정확히 말하면 라일락코드 시행법의 발표를 시작했다.

"교육 기관을 통해 교도할 수 있는 자질에는 한계가 있습니다. 여기 오늘의 졸업식이 증거입니다. 수백 명의 열성 인자 중 우성화된 사람은 단 세 사람뿐입니다. 우성인이 되고자 자신의 뿌리를 극복한 이들에게 먼저 축하의 말을 전합니다. 우수 졸업생들은 생체코드관리국의 훌륭한 재원이 될 것입니다. 반면에 여러 수업을 거치고도 자신의 본질을 극복하지 못한 나머지 아이들을 보십시오. 이 얼마나 잉여이자 낭비입니까. 우린 깨달았습니다. 기질을 극복하는 데에는 너무나 많은 시간과 돈이 들고, 우리의 소중한 자원을 이런 미성숙한 아이들에게 소모하는 건 합당하지 않다고."

그는 손가락을 두 번 튕겼다. 그러자 교관들이 스크린에 라일락코드에 대한 설명문과 코드를 실행시킬 금지어를 띄웠다. 스크린엔 라일락코드를 합리화하는 자료들이 빼곡하게 떠올랐다. 그러나 주장과 수치가 하나도 맞지 않았다. 그럼에도 독재자는 연설을 강행했다.

"지금까지는 통제를 따르지 않는 이들을 교도하기도 하고, 열성 기억을 삭제하기도 하는 방법을 병행했습니다. 그러나 아시다시피 이 과정에는 혈세가 쓰입니다. 그래서 오늘 정부는 혁신적인 교화 방식을 발표하려고 합니다. 그 결과를 직접 국민 여러분 앞에서 바로 보여드리겠습니다. 낭비되던 예산을 줄이고 열성인을 순식간에 바람직한 성향으로 바꿀 수 있는 최신 기술을!"

독재자가 발언대를 내리치자 또 교관들이 바깥에서 누군가를 데려왔다. 아이 두 명이었다. 그들의 얼굴을 보자마자 나는 곧바로 암담해졌다. 너무나도 친숙한 얼굴들이었다. 수연과 정원. 그들은 약물을 맞진 않은 듯 예의 그 또렷한 눈빛으로 끌려 들어왔다. 하지만 교관들에게 양팔을 붙들려 움직일 수 없는 상태였다. 교관이 둘을 가리켜 벌점이 가장 높은 최악의 학생들이라고 소개했다. 정원은 보란 듯이 얼굴을 일그러뜨리며 웃었고, 수연은 바닥에 침을 뱉었다. 주눅 들지도 겁을 먹지도 않은 둘의 태도에 한편으론 안도감이 들었지만 그들을 도울 방도가 없었기에 갑갑했다. 정면만 쏘아보는 내 귀에 독재자의 목소리가 선명하게 꽂혔다.

"가장 구제불능인 열성인들을 변화시켜보겠습니다. 라일락코드의 실행 조건에는 금지어가 있습니다. 금지어를 발설할 경우 즉효가 나타납니다. 국가적으로 시행하는 사랑의 축출에 이들은 전혀 협조하지 않았습니다. 그만큼 질 낮은 종자라는 뜻이죠. 이 아이들은 감정을 통제하는 데 수없이 실패했지만 라일락 코드가 발동되면 다시는……."

그때였다. 정원이 손끝을 움직여 소매에 숨겨두었던 버튼을 눌렀다. 그러자 순식간에 공간이 일그러지며 강당 벽면에 이브의 커다란 얼굴이 나타났다. 우리가 미리 설치해둔 작품이었다.

그래, 희망은 쉽게 죽지 않았다.

산수유, 달리아, 오렌지 꽃, 글라디올러스, 서향과 라일락. 불멸하는 사랑의 얼굴.

거대한 꽃의 얼굴이 독재자를 삼킬 듯 펼쳐졌다. 가상 필드의 이미지는 그에게 물리적인 영향을 끼칠 수는 없었지만 우주처럼 제 존재로 강당을 가득 메울 수는 있었다. 카메라는 계속 돌았고 전 국민이 이브의 출현을 똑똑히 지켜보았다. 이브는 살아 있구나. 독재자가 감추고자 했던 진실이 퍼져 나갔다. 카메라는 계속 돌았고, 기자들은 입을 벌린 채 이브를 감상했다.

아이들의 눈에 생기가 돌아왔다. 이브의 얼굴이 아이들을 깨웠다. 눈을 깜박이고 고개를 움직이는 아이들이 보였다. 이브를 보고 뺨이 상기되거나 옆 사람의 손을 쥐고 흔드는 아이도 있었다. 얼어붙은 땅에서 움트는 첫봄의 새싹들처럼 아이들이 깨어났다.

군인들이 총을 들고 달려왔다. 그들은 이브를 향해 총구를 겨누었지만 발포한들 바뀌는 건 없었다. 이브는 그저 이미지일 뿐이었으니까. 총을 쏜다고 없앨 수는 있는 게 아니었다. 이브의 얼굴은 독재자를 알록달록하게 물들였다. 화려한 꽃들에 가려진 그는 배경보다도 못한 존재로 전락했다. 독재자는 손을 들어 군인들을 제지한 후 목을 가다듬고 마이크에 입을 가져다 댔다. 얼굴에 이브의 꽃들을 묻힌 채.

"지금 보신 모든 장면이 바로 열성인들의 폐해 그 자체입니다. 사회를 무법지대로 만들고 막대한 비용을 쓰게 만들죠. 도대체 저런 게 다 무슨 소용이란 말입니까? 이브 같은 건 저에게 어떤 타격도 줄 수 없습니다. 오늘부로 이런 범죄 행각을 사라지게 만들 수 있으니 참으로 다행스럽습니다."

군인들이 정원과 수연을 더욱 강하게 붙들었다. 독재자는 여유롭게 이브의 얼굴을 지나 둘 앞에 섰다.

"단 한 번의 발설만으로도 이들을 제압할 수 있습니다. 60초면 열성인은 가장 순응적인 기질로 변화하여 우성인의 위대한 계획에 동참하게 될 것입니다. 자, 보십시오. 열성인을 길들이는 방법을. 당장 두 사람이 금지어를 말하게 만들어!"

그가 명령하자 근처에 도열해 있던 군인들이 정원의 등을 총구로 밀었다. 정원이 수연의 앞으로 떠밀렸다. 둘은 서로의 눈을 마주했고, 수연이 먼저 희미하게 웃었다. 나는 곁눈질로 그들을 지켜보았다. 사랑이라는 금지어를 말하면 둘의 몸속에서 라일락코드가 작동한다. 그들의 모든 기억이 지워지고 독재자가 설정한 순응의 코드에 잠식된다. 무릎을 부여잡은 손이 자꾸만 떨렸다. 정원이 자유로워진 두 팔로 수연의 뺨을 감쌌다. 그 애는 자신을 지켜보는 눈은 아랑곳하지 않은 채 수연에게 입을 맞췄다. 수연의 볼을 타고 눈물이 흘렀다. 정원이 먼저 수연에게 속삭였다.

"사랑해."

그러자 변이가 발생했다.

라일락코드가 유도한 것이 아닌 변이가.

딱딱한 나무껍질이 정원의 발끝에서부터 피부를 덮으며 올라왔다. 팔과 허리가 순식간에 껍질로 뒤덮였고 더 이상 부드러운 사람의 몸이 아닌 고동색 등치에 은하수처럼 풍성한 꽃송이들이 맺혔다. 정원이 고개를 숙여 자신의 변화를 바라보았다. 정원은 울지 않았다. 절규하거나 무너지지도 않았다. 그저 수연 곁에서 이질적인 존재로 바뀌는 신체를 가만히 받아들였다. 난 입술을 떨었다. 라일락코드가 실행됨과 동시에 백신이 작동했다. 독재자의 뜻대로라면 기억이 부서지고 재프로그래밍이 진행돼야 했지만 우리가 설치한 백신 탓에 정원의 내부에서 엄청난 충돌이 일어나는 중이었다. 이 기이한 변화를 누구도 막거나 제지할 수 없었다. 정원의 몸은 이제 얼굴 부근을 제외하고는 완벽한 식물이 되었다. 목덜미와 팔다리가 전부 다갈색의 나뭇가지였다. 그 모습을 바라보던 수연이 정원의 얼굴에 키스했다. 그러고는 자신도 사랑을 뱉었다. 그 애도 연인과 마찬가지로 나무로 변화하기 시작했다. 수많은 눈이 지켜보는 가운데 강당에 두 그루의 라일락 나무가 탄생했다.

사랑을 견디다 못해 몸이 뒤바뀌어버리는 오래된 신화의 등장인물처럼 정원과 수연이 변했다. 누구도 예상하지 못한 결과였다. 긴 침묵이 흘렀다. 서로를 껴안은 자세로 엉겨 화사한 꽃을 수두룩하게 피워낸 라일락 나무 두 그루가 체취를 뿜어냈다.

당황한 독재자가 이 상황을 무마하려 둘러댔다.

"보십시오. 이 자연스러운 변화를. 저들은 이제 환경에 아무런 해를 끼치지 못할뿐더러 무엇도 소모시키지 않습니다. 그저 물과 바람, 햇빛 몇 점만으로 살아갈 겁니다! 이 얼마나 효율적이고 친환경적입니까."

그의 말은 오히려 역효과를 일으켰다. 아이들이 술렁대기 시작했다. 교관과 군인, 기자들까지 수군거렸다. 그들이 생각한 라일락코드는 인간의 형태를 유지한 채 말 잘 듣는 인형을 만드는 기술이었다. 사람의 형상을 한 쉽게 부릴 수 있는 예쁜 인형을 의도했을 것이다. 사람이 통째로 나무로 변해버리는 건 예상 밖의 일이었다. 웅성거림은 점점 커졌다. 자신의 해명이 통하지 않았음을 깨달은 독재자가 다급히 측근에게 손짓해 졸업 표창장을 가져오게 했다. 그는 재빠르게 졸업 예정자들을 일으켰다.

"여러분, 모두에게 라일락코드를 사용하는 건 아닙니다. 이들처럼 피나는 노력 끝에 우성이 된 훌륭한 학생들은 예외입니다. 라일락코드는 어디까지나 효율적인 관리가 필요한 대상에게만 시행되니 염려 마십

시오. 인류는 자기 성찰이 가능한 희망적인 존재입니다. 자, 여기 그 증인들에게 시상하겠습니다. 이들처럼 전도유망한 학생들은 생체코드관리국에서 거두어 더 완벽한 우성 인간으로 살아갈 수 있도록 꾸준히 지원할 예정입니다. 자발적으로 타인의 귀감이 된 학생들, 앞으로 나오게."

그의 말이 빨라졌다. 궁지에 몰리니 어떻게든 사람들의 시선을 끌려는 의도였다. 나는 묵묵히 다른 두 명의 아이를 따라 줄을 섰다. 독재자는 억지 미소를 지으며 차례로 졸업장과 생체코드관리국의 사원증을 걸어주었다. 그러나 그 뒤편에서는 계속 이브의 얼굴이 어른거렸고 라일락 나무 두 그루가 반짝였다. 수군거림은 잦아들지 않았다. 난장판 속에서 독재자는 횡설수설하며 수상자들에게 악수를 청했다. 부하들이 상황을 수습할 시간을 벌리는 듯했다. 난 차분하게 내 차례를 기다렸다. 어느새 그가 내 앞으로 다가왔다. 그는 내 어깨를 두드리더니 뒤돌아 내 몫의 졸업장을 받아 들었다.

"자네가 가장 우수한 학생이더군. 수석 졸업생으로서의 소감도 기대하지."

그가 한쪽 손을 내밀었다. 난 표정 변화 없는 로봇처럼 가볍게 묵례하며 그의 손을 맞잡았다. 그때 갑자기 그가 내게 걸어줄 사원증을 다른 한 손에 옮겨 들고는 한 발짝 더 다가왔다.

"성적을 보니 코드네이팅 실력이 발군이더군. 생체코드관리국에 아주 적합한 인재라는 생각이 들어."

"감사합니다."

"어린 나이에 이런 실력을 갖추는 경우는 드물지. 열성인으로서 개천에서 용 난 꼴을 만들기가 쉽진 않으니까……. 마치 네 어미만큼 대단해."

나는 그의 손을 붙든 채로 얼어붙었다. 이게 무슨 소리지? 그는 사원증을 걸어주면서 다른 이들에겐 들리지 않을 낮은 목소리로 귓가에 나지막이 읊조렸다.

"연극은 재미있었나."

"……."

"이토록 제 핏줄과 하는 짓이 판박이일 줄이야. 유전자는 속일 수가 없어. 쥐새끼 같은 행태가 끝까지 들키지 않을 줄 알았나?"

등 뒤로 식은땀이 흘렀다. 카메라는 계속 돌며 독재자의 뒷모습을 찍었다. 내가 어떤 상황에 처했는지는 다른 이들에게 보이지 않았다. 어머니와 파머, 리수의 얼굴이 차례로 스쳤다. 모든 계획이 들통났다. 독재자는 나까지 확실히 잡아들이기 위해 구태여 졸업식을 기다렸던 거였다. 목이 따끔거렸다. 뒤로 물러서고 싶었지만 그가 손아귀에 힘을 꽉 주고 있어 뼈가 으스러지는 통증만이 느껴질 뿐이었다. 티를 낼 순 없었다. 군인들이 다가오면 더 난감해질 게 분명했다. 나는 계속 겨울에 걸맞는 표정을 유지하며 알아듣지 못하는 척했다. 독재자가 비웃었다.

"데이터를 많이도 훔쳤더군. 네까짓 게 학교를 쑤시고 다니는 것쯤은 진작에 알았어. 그런 널 왜 그대로 두었는지 아나? 네가…… 미친하게 날뛰는 딸년을 잡기에 좋은 미끼였기 때문이지. 리수가 언젠가 사고를 치리라는 건 예상하고 있었어. 열등한 기억을 지우고 또 지워도 별난 기질을 이기지 못하고 매번 천한 종자들 곁으로 돌아갔으니까. 그 짓도 오늘이 마지막이다."

젠장. 난 침착하려고 애썼지만 숨이 가빠지고 머리카락이 곤두섰다. 맞서긴커녕 도망칠 방법도 없었다. 주변은 무장한 군인들로 가득했고 출구는 멀었다. 안

돼. 나는 속으로 리수에게 빌었다. 제발. 이곳에 오지 마. 이건 전부 독재자의 함정이야. 내가 그를 쳐다보자 그는 모든 걸 알고 있었다는 듯 비열한 미소를 지어 보였다. 그때였다. 내 귀에 꽂힌 가상 필드 기계에 미세한 알림이 왔다. 나는 그게 무엇인지 알 수 있었다.

— ✿

라일락 꽃의 맹세. 널 데리러 온다는 약속.

리수, 오지 마. 이쪽으로 오면 안 돼.

동시에 강당 벽을 채운 이브의 얼굴이 갈라지며 틈이 생겼다. 군중 속에서 탄성이 터졌다. 반으로 벌어진 이브의 얼굴 속에서 더 거대한 두 번째 이브가 나타났다. 난 이를 악물었다. 돌아가, 돌아가라고! 이건 전부 덫이야! 하지만 꽃의 탄생은 멈추지 않았다. 수두룩한 식물의 층 사이로 연보라색 머리카락이 등장했다. 얼굴 반쪽이 라일락으로 가득한 본래의 리수가 독재자를 향해 돌진했다. 그 애의 손에서 가상 필드 기계가 번뜩였다.

"이브를 잡아!"

독재자가 기다렸다는 듯 외치자 대열을 이룬 군인들이 순식간에 리수를 둘러쌌다. 눈 깜짝할 새에 바닥에 엎어진 리수가 곧장 포박되었다. 그 바람에 리수의 손에서 미끄러진 가상 필드 기계가 내 발치로 굴러 들어왔다. 이중의 가상 필드, 리수는 자신을 가두려던 독재자의 아이디어를 역으로 활용해 대항하려 했다. 하지만 모든 게 수포로 돌아갔다. 독재자는 일부러 날 노출시켜 리수를 유인했다. 리수가 내가 있는 곳으로 돌아오리라 믿었던 거다. 리수는…… 약속을 지켰다. 그리고 지금은 바닥에 붙들린 채 거친 숨을 몰아쉬고 있었다. 독재자가 내 손을 팽개치고 리수에게 다가갔다. 리수의 머리채를 그대로 잡아 올린 그가 나무껍질 속 얼굴을 손가락으로 후볐다. 리수의 안면이 고통으로 일그러졌다.

"이제 열등한 것들이 배회하던 시대는 끝났어. 너 같은 돌연변이가 자식으로 태어난 재앙을 스스로 극복할 수 있던 시점부터 나는 전지전능한 신이었다. 실패작들은 역사의 뒤안길로 사라져야 해. 나의 새 시대가 열리는 순간을 잘 봐라."

고개를 떨군 리수의 곁에서 라일락 두 그루가 가지를 흔들었다. 독재자가 아까와는 다른 거만한 태도로 돌아섰다. 그는 연단에 다시금 올라서서 청중을 향해 이죽거렸다.

"모든 국민에게 라일락코드가 설치돼 있다. 코드의 실행 권한은 당연히 내 손에 있지. 생각해보니 나무로 만들든, 인형으로 만들든 결과는 똑같군. 이제부터 금지어 따위를 입에 담고 반항하는 열성인은 전부 살아남지 못할 것이다. 지금부턴 내 말이 곧 법이고, 진리다!"

그의 말이 끝남과 동시에 전국에 통제령이 내려졌다. 사랑이라는 단어를 말하면 라일락코드가 즉각 실행됐다. 이게 가능하다는 건 앞으로 그의 비위에 맞지 않는 모든 말과 행위에 조건을 붙여 라일락코드를 발동시킬 수 있단 뜻이었다. 우성이든 열성이든 상관없었다. 오직 그의 선호가 기준이었다. 식물이 된 리수의 얼굴에서 상처가 벌어져 진물이 흘렀다. 이 상황과 어울리지 않는 감미로운 라일락 향이 짙게 퍼졌다. 그때, 연단과 가까운 오른편에서 한 아이가 비틀거리며 일어섰다. 독재자에게 모두의 시선이 쏠려 있는 동안 일어선 그 아이는 옆자리에 있던 아이의 손을 붙들더니 수연과 정원이었던 라일락 나무에 눈길을 주었다.

"사랑해."

그 단어가 다시 한번 군중 속에서 울렸다. 모두에게 똑똑히 들린 선명한 음성에 아이들은 전부 그쪽을 바라보았다. 고백을 받은 아이의 시선이 흔들렸다. 그 가운데 사랑을 발설한 아이가 꽃나무로 변하기 시작했다.

누구도 예상하지 못한 상황이었다. 강당 안에는 세 번째 나무가 자라났다.

그 고백을 도화선으로 다른 아이들도 앞다투어 사랑을 말하기 시작했다.

나와 리수는 눈앞에 펼쳐지는 거대한 초록빛 물결을 함께 목도했다. 아이들은 제각기 누군가를 향해 눌러왔던 사랑의 단어를 말하곤 나무로 변했다. 누군가의 손을 쥐고, 뺨을 감싸고, 눈꺼풀을 어루만지고, 목덜미에 입을 맞추면서 아이들은 끝까지 사랑을 읊었다. 폭풍보다도 거센 꽃의 물결이 강당을 메웠고, 경악한 교관과 군인들이 멈추라고 소리 질렀지만 그들의 말을 귀담아듣는 이는 없었다. 아이들은 새로운 이브가 되어, 식물 그 자체가 되어 광활한 꽃의 얼굴을 피웠다. 사랑을 말하고 죽음을 택한 아이들을 목격한 독재자의 얼굴이 시뻘겋게 달아올랐다. 그에게는 이 사태를 멈출 능력도, 수단도 없었다. 리수의 눈이 보석처럼 빛났다. 동시에 난 그 눈동자에 반사되는 보랏빛 불을 알아차렸다.

— ✿

리수가 떨어뜨린 가상 필드 기계와 그것에 연동된 내 기계가 반응을 일으켰다. 리수가 보냈던 메시지가 점점 더 빠르게 깜박이며 에너지를 흡수했다. 라일락 코드와 백신이 충돌하며 만들어낸 정보값이 폭주하고 있었다. 커다란 에너지에 반응한 기계가 요란한 신호음을 울렸다. 순간 난 여러 약속과 용기를 떠올렸다.

구하러 올게.

너의 계절을 되돌려줄게.

넌 내가 살려.

……리수는 정말로 약속을 지켰다. 그러니 나는 앞으로도 리수의 약속을 믿는다. 사랑의 불멸성을 기반으로 하는 애정만큼 내 삶을 굳게 지켜주는 건 없고, 이 거대한 미학이 날 움직였다. 이 감정은 고독과 두려움을 동반했지만 그걸 넘는 용기도 탄생시켰다. 나는…… 어떤 사람으로 살고 싶은가.

질문이 떠오른 동시에 나는 바닥에 떨어진 기계를 향해 손을 뻗어 날쌔게 잡아챈 후 독재자를 향해 몸을 던졌다. 그는 자신이 올라가 있던 연단 밑으로 중심을 잃고 나동그라졌다. 난 곧장 그의 위에 올라타 귓가에 가상 필드 기계를 부착했다. 동시에 내 기계까지도 뽑아 그에게 밀착시켰다.

"은수, 안 돼!"

내 생각을 알아챈 리수가 비명을 질렀다. 독재자의 눈동자에 내 얼굴이 비쳤다. 겨울의 학교에서 얼려 두었던 피부를 꿰뚫고 드러난 본연의 모습이 그의 면전에 그늘을 드리웠다. 그는 또 한 명의 돌연변이를 목격했다. 독재자가 얼굴을 일그러뜨리며 강한 힘으로 몸을 비틀었다. 나도 온 힘으로 그를 짓눌렀다. 이중의 가상 필드를 구현하도록 기계를 작동시키자 눈앞에 수많은 라일락이 화사하게 빛났다. 동시에 강력한 굉음이 터지며 독재자와 내 주변으로 너른 직경의 블랙홀이 열렸다. 이중의 틈이었다. 바깥도 겨울의 학교도 아닌 다른 차원의 감옥, 그가 리수를 가두려 했던 바로 그 좌표. 블랙홀의 중심에 광대한 꽃의 무덤들이 보였다. 꽃은 미소 짓는 입술을 닮았다. 사랑을 하는 신체의 기관과 당신을 기억하는 신경을 닮았다. 떨림과 고동을 닮았다. 향기로운 포옹과 연한 살의 체취, 누군가의 핏줄을 어루만지던 기억들을 닮았다. 사랑의 모든 흔적을 짊어진 블랙홀이 끝없이 팽창했다. 독재자는 고함을 치며 내 멱살을 틀어쥐었다. 내쪽에서도 끝까지 그를 놓지 않았다. 독재자가 방금까지와는 다른 새된 비명을 질렀다. 가상 필드의 과도한 사용은 정신을 파괴한다고 했던가. 그 부작용이 나타나는 모양이었다. 반면 내 정신은 또렷했다. 난 라일락 칩을 설치하지 않은 유일한 사람이었으니까. 리수가 군인들을 떨치고 이쪽으로 달려오려 했다. 그러나 틈은 그보다도 더 빠른 속도로 닫혔다.

영원한 지옥, 그 안으로 완전히 떨어지기 전 라일락으로 뒤덮인 리수의 연보라색 눈동자와 마주쳤다. 나의 처음이자 마지막 이브. 이 기억의 끝이 너라는 게 좋다. 리수, 넌 내가 널 살리겠다는 약속을 싫어했지. 이 선택이 너에게 외로움을 준다면 미안해. 아, 계절이 돌아온다면 꼭 보여주고 싶은 게 있었는데. 겨울의 학교에서 한 번도 네게 제대로 보여주지 못한 표정.

의식이 아득해지기 직전, 시야가 완전히 닫히기 직전, 나는 리수를 향해 미소 지었다.

내 계절은 너였나 봐.

14

끝나지 않은 겨울을 지새운다.

이곳은 황량한 기억으로 가득 찬 틈. 마지막까지 매달린 기억의 장소가 학교였기 때문인지, 내가 도달한 지옥은 학교의 모습이었다.

독재자는 썩은 나무로 변했다. 두 대의 가상 필드 기계 사이에 낀 채 앙상하게 말라비틀어진 나무가 독재자의 최후였다. 이유는 알 수 없었다. 그에게도 식물의 소인이 있었는지도. 의식을 차렸을 때 난 가장 먼저 얼굴을 만졌다. 본모습이 드러난 맨얼굴이었다. 사지는 멀쩡했다. 나는 식물의 얼굴로 살아남았다.

이곳은 물리적인 세계와는 완전히 다른 원리로 돌아갔다. 틈의 학교는 라일락 나무로 가득했다. 창밖으론 끝없는 눈의 벌판이 펼쳐졌고 어느 방향으로 가든 학교로 되돌아왔다. 몇 년 동안 탈출을 시도했지만 매번 실패했다. 아무리 벌판을 내달려도 눈앞의 라일락 나무들은 사라지지 않았다. 끝없는 흰 눈의 벌판과 라일락만 존재하는 감옥에서 나는 길을 잃었다. 독재자는 리수를 식물인간처럼 관리하기 위해 이곳에 가두려 했다. 신도, 천사도, 악마도 없는 이 공간에. 사랑을 대가로 나 또한 이 무한한 고독 속에 갇혔으니 이젠 미치지 않을 방법을 강구해야 했다.

라일락 나무들은 실재하는 식물처럼 감촉과 향이 있었다. 피고 지는 순환도 존재했다. 유일한 위안이었다. 그리하여 난 원예가이자 정원사, 묘지기가 되기로 했다. 생각지도 못한 진로였다. 눈발 속에서도 꽃 피우는 나무들을 돌보고 하루하루 시드는 꽃잎들은 묻어주기 시작했다.

학교는 내 기억을 토대로 구현되었다. 방도, 복도, 기억삭제실도 그대로였다. 학생이 오직 나 혼자라는 점만 빼면 모든 게 똑같았다. 졸업 직전에 다시 학교로 돌아오게 되다니 우스웠다. 생명을 유지하기 위한 본능적인 행동은 허용되었고 물품 사용도 가능했다. 음식을 만들어 먹을 수도, 꽃잎을 떼어 향기를 맡거나 줄기를 꺾을 수도 있었다. 그러나 이 행동들을 그만두어도 죽지는 않았다. 난 학교의 모든 불을 켰다. 그러자 왼뺨이 반응했다. 내 몸은 진짜 식물처럼 물과 빛을 원했다. 교실을 돌아다니며 꽃나무들에게 말을 걸었다. 화분 속의 흙을 고르고, 삭은 잎들을 떼었다. 꽃가루와 씨를 받아두고 가지치기를 하거나 메마른 흙에 물을 주었다. 그러자 틈 속의 식물들은 데이터가 아닌 생장하는 존재들처럼 성장하고 변화했다. 그것만이 황량한 감옥에서 생을 가늠하는 단서였다.

수중에 남은 건 가상 필드 기계 두 개뿐이었다. 그러나 이곳에 왔을 때처럼 다시 작동시킬 수는 없었다. 기계는 이미 먹통이었다. 하지만 불은 깜박이는 걸로 봐서 언젠가 활용할 수 있을 터였다. 난 그곳에 메시지를 입력했다.

— ✿

일종의 구조 신호였지만 돌아오는 답은 없었다. 그럼에도 나는 매일 메시지를 한 개씩 보냈다. 습관처럼 꽃이 쌓였다. 다른 틈을 표류하던 누군가가 이 좌표를 발견할지도 모르니 이건 실낱같은 나만의 희망이었다.

나름대로 식물들을 관리하는 시스템을 만들거나

자동 조명을 설정하면서 시간을 보냈다. 눈밭에 하염없이 누워 있기도 했다. 그러다 보면 꼭 이브의 얼굴들이 떠올랐다. 허망한 공간에서도 봄의 색채들은 끊임없이 기억났다. 오직 그것 때문에 여기까지 올 수 있었다. 상념에 잠겨 있으면 때론 후회가 밀려오기도 했다. 하지만 다른 답을 떠올리지도 못했다. 한 가지 확실한 건 리수를 마주한 순간 나는 움직일 수밖에 없었고, 그러도록 운명 지어졌고, 시간을 되돌리더라도 똑같은 선택을 하리란 것이었다. 사랑은 정말로 비효율이었다. 그로부터 생겨난 기이한 용기가 생을 예상치 못한 방향으로 끌고 가니까.

나는 천천히 늙어갔다.

기억을 더듬어 플로리오그라피로 지금까지의 이야기를 기록했다. 언젠가 내 정신이 쇠약해지더라도 기억을 붙들어줄 자료가 필요했다. 꽃들의 생김새를 기억해 그림으로 그렸다. 되새길 수 있는 모든 이야기를 기록하자 공책으로 여섯 권이 나왔다. 그 무렵, 라일락 나무들이 조금씩 변했다. 색과 잎의 수, 가지의 형태를 바꿨고 난 그것들을 관찰하고 연구했다. 이종의 식물들을 맞아들이는 동안 리수를 사랑했던 날들과 그때의 기쁨이 떠올랐다.

가끔 리수가 원래의 계절을 누리고 사는지 궁금했다. 더 많은 계절을 발견했는지도.

그럴 수만 있다면 한 시절 봄을 사랑했다는 걸 아쉬워하지 않을 텐데. 사랑은 독재자의 방식대로 굴러가지 않았다. 효율성과 통제, 속박과 계산, 조건화와 대상화 그리고 물질로는 성립하지 않았다. 오히려 자신에게 무엇도 남지 않은 자리에 소생하는 게 사랑이었다. 나를 변이시켜 타인의 얼굴을 따랐을 때 성사되는 것이었다. 그냥 상대방에게 봄을 주고 싶은 충동. 그 사람이 풍성한 계절 속에서 살길 바라는 마음. 그게 전부이자 영원인 찰나를 누리는 일이었다.

그 때문에 내가 끝없는 겨울 속에 갇힌다 할지라도.

리수가 세상에서 사랑을 되찾았다면……. 지금쯤 몇 번이나 되는 계절을 겪었을까. 얼마만큼의 사랑을 말했을까. 그런 궁금증으로 겨울밤들을 지새웠다.

— ✿

손이 많이 늙었다.

얼굴에도 나이테처럼 새로운 꽃이 피었다.

오늘의 차가 다 끓었다. 계속되는 생을 따뜻한 차

를 한 모금 삼키는 일에 기댄다. 인간의 영혼이 무엇을 위해 이 지난한 굴레를 감내하는지는 모른다. 바깥에 거대한 겨울이 몰아쳐도 이곳만은 계속 순환한다. 기억이 피고 지는 순환의 한가운데에 앉아 차향을 들이마시고 경전과도 같은 꽃으로 새긴 기억들을 펼친다. 내 얼굴도 순환 속에 있다. 라일락의 주기에 맞춰 새싹이 움트고 꽃이 피고 진다. 바싹 마른 잔가지도 떼어주어야 한다. 그러면 언젠가 다음 이파리가 돋는다. 인간의 얼굴은 나날이 낡아 옛 시절을 잃는데 식물의 얼굴만은 매번 새롭다.

    차를 머금자 라일락을 우려낸 향이 온몸을 일깨운다. 이곳에서 자살은 불가능하다. 그걸 깨달은 후부터 나는 차를 마셨다. 손은 곱고 눈은 침침했다. 적어도 자연사는 허락될지 궁금했다. 거울을 보니 머리가 반쯤 셌다. 그럴수록 과거의 기억이 또렷해졌다. 이건 다른 종류의 불행이기도 했다. 뇌라도 노화하여 모든 걸 망각한다면 편할 텐데. 이곳은 그조차 허락하지 않았다. 나는 오늘도 일과대로 학교를 배회했다. 화분들을 살피고 아이들이 목숨을 바쳐 피운 꽃망울과 가지들을 매만졌다. 그러다 꽃들 사이에 걸어둔 달력을 발견했다.

11월 30일.

오늘이 몇 주년이더라. 현실과 같은 속도로 시간이 흘렀다면 졸업식을 서른 번도 넘게 치렀을 테지. 독재자가 사라진 세상은 어떨지 궁금했다. 나무로 변한 아이들은 계속 식물로 살아갈까. 혹여 다시 인간으로 돌아갈 방법이 있었을까. 리수는 어디선가 살아남아 새로운 세상을 만들었을까.

사랑을 이루었을까.

— ❀

습관처럼 메시지를 보낸다. 수신인이 없는 꽃은 한 번 깜박이더니 사라진다.

찻잔의 물이 얼마 남지 않았다.

잔향에 기대어 부지한 목숨이 혀끝에 맴돈다.

— ❀

벗어날 수 없는 미련의 무덤이 두터워진다. 다 비운 찻잔을 들고 1층으로 돌아간다. 한 화분에 찌꺼기를 붓자 꽃 색이 변한다. 슬픔의 연보랏빛이 화사한 흰색으로 바뀐다. 흙에서 짙은 향내가 감돌면 너와 보내고 싶었던 계절들이 가슴을 스친다. 그럼 이 꽃은 새로운 계절의 시작이자 영혼을 애도하는 화환이 된다. 나는 오늘의 목숨을 너의 하루가 무사하길 바라는 데에 사용한다.

부디, 네 계절들이 안녕하길.

갑자기 바깥에서 거센 바람이 불었다. 마침 잠그지 못한 창문이 있었다. 창문이 홱 열리며 차디찬 겨울 공기가 들이쳤다. 어깨를 움츠리고 한 손으론 바람을 막으며 창가로 다가갔다. 유난히 찬 바람이 온몸을 때려 힘에 부쳤다. 겨우 창문을 밀어 닫으려는데, 잠시 올려다본 하늘에서 내리는 눈송이의 속도가 이상했다. 어라. 이곳의 눈은 보통 기계처럼 일정한 속도로만 떨어지는데 이 눈발은 느렸다, 빨랐다, 서로 섞였다 하면서 본래의 항상성을 잃은 듯했다. 이게 무슨 일이지? 나는 그 모습을 더 제대로 보려고 옷을 여미고 바깥으로 나갔다. 제멋대로 내리는 눈이 라일락 꽃잎의 폭풍처럼 보였다. 기이한 예감에 학교 건물을 떠나 그 복판으로 들어갔다. 흰 우주에 잠긴 느낌이 들 정도로 눈이 휘몰아치는 운동장의 중심으로 나아가는 동안 눈은 새로 난 발자국을 금세 지워냈다. 그 바람에 나는 잠시 방향을 잃었다. 어지럼증을 쫓으려 숨을 들이쉬자 차디찬 공기가 콧속을 찔렀다. 그러던 찰나에 진한 라일락 향이 풍겼다. 선명한 꽃향기였다.

― ✿

가상 필드 기계가 울렸다.

30년 동안 한 번도 울리지 않은 기계였다. 화들짝 놀라 주머니에서 기계를 꺼냈다. 달력 수십 장을 뜯는 동안 오직 혼자서만 꽃을 발송했던 기계가 반응했다. 심장이 급격히 뛰었다. 새파래진 손끝으로 화면을 켜자 '수신메시지'라는 글자 옆에 1이라는 숫자가 보였다. 그걸 누르자 반짝이는 화면에…… 라일락 꽃 한 송이가 있었다. 다섯 잎 라일락이었다.

난 얼른 발신자의 IP 정보를 확인했다. 내 기억이 정확하다면…… 이건 예전에 우리가 통신했던 리수의 컴퓨터에서 온 메시지였다. 가슴이 마구 벅차올랐다. 그때, 화면이 다시 빛을 냈다.

― ✿

기계는 더 많은 꽃을 쏟아내기 시작했다.

― ✿
✿ ✿ ✿
✿ ✿ ✿ ✿ ✿

눈보라만큼 수많은 꽃의 데이터가 몰려왔다. 전율이 흘렀다. 순간 시야에 강당 건물이 들어왔다. 우리 모두의 기억과 사랑이 나무로 잠들었던 곳. 그곳에서 빛이 흘러나왔다. 마치 나를 부르는 것처럼. 나는 그쪽으로 발을 옮겼다. 신호는 점점 더 강력해졌다. 노쇠한 몸을 끌고 달리기엔 곳곳이 버거웠지만 있는 힘껏 눈을 헤쳤다. 라일락 나무들이 나를 부르고 있었다. 이건 분명 그들이 보내는 영혼의 메시지였다. 건물과 가까워질수록 기계에선 더 많은 꽃이 요동쳤다. 거친 숨을 몰아쉬며 차가운 문손잡이를 쥐었다. 빈 가지 브로치를 달고 올라섰던 연단과 라일락으로 줄지어 변하던 아이들의 모습이 주마등처럼 스쳤다. 날 바라보던 리수의 마지막 눈동자도 선명했다. 난 온 힘을 다해 문을 밀었다. 오랫동안 잠겨 있던 철문이 마찰음을 냄과 동시에 기계가 메시지를 폭발적으로 쏟아냈다.

― ✿
✿ ✿ ✿
✿ ✿ ✿ ✿ ✿
✿ ✿ ✿ ✿ ✿ ✿
✿ ✿ ✿ ✿ ✿ ✿ ✿ ✿

열세 번째 계절의 소녀들

아름다운 언약과 사랑, 그 소망을 상징하던 꽃들 사이로 라일락 빛을 발하는 틈이 열리고 있었다. 오랜 겨울을 가르고 봄이 등장하는 순간이었다. 기억하는 모든 빛깔의 꽃들로 뒤덮인 이브의 얼굴이 그 사이로 나타났다. 그 모습을 마주하자 열렬한 황홀감이 엄습했다. 그 얼굴은,

나를 닮은 이브였다.

번쩍이는 틈과 이브의 얼굴 속에 리수가 있었다. 내가 기억하는 눈동자와 식물의 얼굴을 그대로 간직한 리수였다. 리수가 손을 뻗었다. 라일락 가지를 닮은 팔이었다. 나도 리수 쪽으로 손을 내밀었다. 리수는 세월이 깃든 내 손을 세게 움켜쥐었다. 우린 양팔로 서로를 끌어안았다. 리수가 내게 먼저 키스했다. 리수에게선 여전히 식물의 향이 났다.

함께 돌아가자.

리수가 입을 열었다. 수많은 좌표와 생체 신호, 코드를 추적한 끝에 나를 찾은 리수가 말했다. 새로운 이브와 함께 불멸하는 사랑이 되러 왔다. 리수가 날 품속에 안았다. 난 그 목덜미에 코를 묻었다.

바깥은 지금 무슨 계절이야?

라일락이 흐드러지게 피었어. 몇 주 후면 눈부신 햇살이 쏟아질 거야.

좋네. 보고 싶다. 그리웠어. 파란 하늘도, 무성한 풀도, 이브도, 너도.

리수가 허리를 껴안았다. 그러곤 바깥으로 나가기 위한 틈을 열었다. 우린 서로에게 기댄 채로 한 걸음씩 발을 옮겼다. 출구에 가까워질수록 식물들의 생생한 향이 풍부하게 번졌다. 난 주름이 팬 손가락을 하나하나 펴면서 리수에게 물었다.

날 감각할 수 있어?

언제나.

지금은 계절이 몇 가지야?

열세 가지쯤 돼.

처음으로 리수를 바라보며 마음껏 웃었다. 우린 함께 이브의 틈 속으로 진입했다. 첫사랑이 이루어질 계절을 맞이하러. 겨울이 끝난 자리에 소생하는 눈부신 봄을 맞이하러.

돌연변이 꽃들이 가득할 새 계절을 사랑하러.

작가의 말

작가의 말

글쓰기는 나에게 깃든 사랑을 가장 초라한 방식으로 표현하는 일이다. 사랑은 만병통치약이 아니고 때론 겪지 않아도 될 불행마저 가져다주는데도. 미련한 계절이 지나고 당도한 낯선 봄에 다시금 속수무책으로 감탄하며 내가 만난 너의 아름다움을 영원으로 만들고자 애를 쓴다.

고작 그런 욕망 때문에 운명이 바뀌는 사람도 있다.

사랑은 누군가를 동경하는 일일 수도
들끓는 사회를 바꾸는 투사나 연대자가 되는 일일 수도
함께 추락하여 문제아가 되거나
무한한 계절 속에 갇히거나
은폐된 것들을 폭로하거나

안고 키스하고 속삭이거나

육체와 무관하게 더 깊은 영혼을 교류하는 일일 수도 있다.

이 모든 것이 사랑의 얼굴일 수 있어야 한다.

무량한 얼굴이 가져오는 계절 속에서만 우린 사랑이 무엇인지 이해한다.

사랑한다는 말을 전할 이가 곁에 있는 사람도, 그런 이를 영원한 겨울 속에 묻어야만 했던 사람도

수많은 사랑의 매개자인 자연이 당신의 계절을 전부 기억한다는 걸 믿어주길.

그에 비하면 나무의 허물 위에 글자를 기록하는 일이란 얼마나 초라한가 생각하는 날에.

이 작품은 2024년 3월, 온라인에 선공개되었다. 같은 해 12월 3일 한국의 대통령은 비상계엄을 선포했고 시민들이 저항한 지 123일 만인 2025년 4월 4일에 파면되었다. 한국의 역사에는 언제나 불의에 항거하는 소녀들이 있었고, 2025년의 후손들은 저마다 사랑하는 이를 향한 응원봉과 깃발을 들고 연대하여 빛의 혁명을 이루었다. 이를 책에 기록해둔다.

열세 번째 계절의 소녀들

ⓒ 정이담 2025

초판 1쇄 인쇄 2025년 6월 25일
초판 1쇄 발행 2025년 6월 30일

지은이 정이담
펴낸이 유강문
문학팀 박지호 최해경 박선우
마케팅 김한성 조재성 박신영 김애린 오민정

펴낸곳 (주)한겨레엔 www.hanibook.co.kr
등록 2006년 1월 4일 제313-2006-00003호
주소 서울시 마포구 창전로 70 (신수동) 화수목빌딩 5층
전화 02-6383-1602~3 **팩스** 02-6383-1610
대표메일 munhak@hanien.co.kr

ISBN 979-11-7213-273-6 (04810)
ISBN 979-11-7213-062-6 (세트)

- 값은 뒤표지에 있습니다.
- 파본은 구입하신 서점에서 바꾸어 드립니다.
- 이 책은 (주)한겨레엔과 리디(주)가 공동 기획한 것으로 내용 일부 또는 전부를 재사용하려면 반드시 저작권자, (주)한겨레엔, 리디(주)의 동의를 얻어야 합니다.